日本橋物語3

森 真沙子

時代小説

二見時代小説文庫

目次

まどい花——日本橋物語3

第一話　恋撫子《こいなでしこ》

1

路地に一歩踏み込んで、あら、とお瑛《えい》は足を止めた。ちょうどその時、路地奥でカラカラと戸の開く音が聞こえ、それがどうやらこれから訪ねる家の辺りなのだ。

夕闇に塗りこめられた奥を透かし見ると、まず襷《たすき》がけの女が出てきた。すぐに薬箱らしい箱を持った丁稚《でっち》が続いて、最後に医者らしい老人が現れて、玄関前で何やら話し込んでいる。

おやまあ、とお瑛は思った。

あそこのお蓮《れん》さん、本当に病気だったのだと。

日本橋で草木染めの店『蜻蛉屋《かげろう》』を営むお瑛は、月末近くなるといつも忙しくなる。集金はもともと番頭の市兵衛《いちべえ》の役目なのだが、お瑛でなければ埒《らち》があかない相手が何人かいた。

この路地奥に住むお蓮がその一人である。

お蓮はお洒落で着道楽だったから、暇さえあれば店にやってきて、新しい反物や流行の色を漁《あさ》っていく。

「ああ、女っぷりが上がるねえ」

そう言いながら、鏡の前でうっとりと反物を身体に当て、気に入ると懐具合と相談なしに買ってしまう。

前の分を払い終えないうちに次の分を乗せるから、売り掛けがどんどん増えていく。それでもこれまではちゃんと月割りで払ってくれていたのだが、最近は月払いも滞《とどこお》りがちなので、蜻蛉屋としては頭が痛いのである。

先日もふらりと店に現れ、酒でつぶれた嗄《しゃが》れ声で言った。

「何だか身体具合が悪くてねえ。いえ、たいしたことじゃない、この暑さのせいだけど。うちみたいな日銭商売は、店を休むときついんだ。悪いけど、今月分は、少し待っておくれでないか」

日頃は向こう気の強いお蓮に、目尻に弱気を滲《にじ》ませて言われると、お瑛はつい頷いて口走ってしまう。

「今さら急ぎませんよ、長いお付き合いですもの」

するとお蓮もつられて言うのだった。

「すまないねえ、お瑛さん。その代わり、月末にはきっと何とかするからさ」

こんな呼吸で長く続いてきたお客である。それはお瑛ならではで、市兵衛の出る幕ではない。

もっとはるかにタチの悪い客は、幾らもいる。

訪ねていくと本人は不在で、やくざまがいの亭主に凄まれたこともある。また、返しゃいいんでしょ、返しゃ……と明らかに何度か袖を通したとおぼしき着物を、玄関先でつき返されたこともあった。

それに比べれば、お蓮は逃げも隠れもしないのだから。

人形町で『蓮』という一杯呑み屋を、もう何年続けているだろうか。お瑛も何度か行ったことがある。

店は小さいが、それなりに客が入っていた。

三十半ばを過ぎたお蓮は、少し太めの身体を気にして、地味な江戸友禅をしゃっきりと、粋に着こなしている。笑うと目尻が下がって、美人とは言いがたいが、女っぷりが良く、自分に似合うものをよく知った着こなし美人だった。

客あしらいに癖があり、落ち込んでいる客にはタダ同然で呑ませるが、反《そ》っくり返った客がくると、今夜は貸し切りですから、と断ってしまう。酒癖の悪い客には、もう二度と顔をお見せじゃないよ、と啖呵《たんか》を切る。

「あれじゃ、商売はできませんよ」

市兵衛はいつもそう危ぶんだ。

「そもそもあれだけ店が繁盛してて、どうしてあんなにピイピイしてるんです。悪い男にでも貢《みつ》いでない限り、よほど商売の才がないとしか思えないじゃないですか」

「でも、何だかんだ言っても、払ってくれてるんだから」

お瑛はそう弁護する。

「しかし滞ってるじゃないですか。そりゃ、手前だってお蓮姐さんは好きだけど、それとこれは別ですよ。どっかで見切らないと」

分かってるって、分かってるんだけど……。

「でも、月末には払うと言っててんだからね」

「もう月末ですよ、おかみさん。ほんとに病気かどうか、見舞いかたがた様子を見に行きなすったら。何とか、半金だけでも貰ってきて頂かないと」
　市兵衛にそう背中を押され、しぶしぶ出て来たのである。

「あの、お蓮さん、どうかしなすったんですか」
医者が路地を出て行くと、まだ戸口に佇《たたず》む太った女に、そっと訊いてみた。すると
その人は、声を潜めて囁いた。
「四、五日前にお店で倒れたんだってよ。駕籠で帰ってきなすったそうだけど、あた
しゃ隣りに住んでるのに何も知らなくて」
「ああ、夏痩《や》せしたとは聞いてましたが……？」
「いいや、お医者さまの話じゃ、そんなんじゃないらしい」
　ぐっと声を低めて言う。
「よく分からないけど、お蓮さん、何だか急に元気がなくなってさ。養生しなきゃい
けないって」
　面倒をみるような身寄りがいないため、今は、近くに住む同じ商売の友達が入れ替
わり付き添っているという。
「あたしも朝晩は顔を出してるんだけどねえ」

お瑛は、中に入るのがためらわれた。

あたしの顔を見れば、借金を取り立てにきたと思うに決まっている。それは身体に差し障《さわ》るだろう。

「そうですか、ではあたしは出直しますので……」

言い終わらぬうちにガラリと引き戸が開き、中から女が顔を出した。化粧を落としているが、その顔はたまにお蓮と店に来る美津《みつ》という女友達だった。

「やっぱりお瑛さん。さあ、どうぞ中に入って下さいな、病人が会いたがってますから」

話し声が聞こえていたのだろう。観念してお瑛はそっと覗き込むようにしながら入った。襖《ふすま》は開いていて、薄暗い四畳半にお蓮が横たわっている。

「すまないねえ、お瑛さん」

それはお蓮の口癖だった。化粧けのない顔を天井に向けたままなのは、面変《おも》わりして窶《やつ》れた顔を見せたくないのだろう。

「残暑がこんなにこたえるなんて……トシかしらねえ。何だかすっかりおばあちゃんになったみたい」

「まあ、何をお言いですか、お蓮さんらしくもない」

お瑛は苦笑まじりに叱咤した。いつも若ぶって十もサバをよんでいるくせに。

「もう暑さは峠を越しましたよ。涼しくなれば、また二十五のお蓮さんに戻りますって」

「ふふ、あたし、二十五だっけ……。蜻蛉屋にはずいぶん溜めちゃったよね。良くなったらまた頑張って返すから」

「そう願いますよ。でも当分はじっとしていらっしゃい。近いうち、何か美味しいものを作って届けますから」

「すまないねえ。ああ、お瑛さんに頼みたいことがあるんだ」

「あら、あたしで間に合うことなら何なりと」

お蓮はじっと天井を眺めていたが、迷っているらしい。やがて、もう少し考えてからにすると言った。

秋風が立つともう正月の着物に思いを馳せるお蓮である。たぶん新年の晴れ着の注文だろう、とお瑛は思った。

「決心がついたら、誰かに伝言して下さいね。お待ちしてますよ」

「そうねえ、涼しくなったら頼むわね……」

だが朝晩に秋風が立ち、だらだら鳴いていた蝉の声もぴったり止む頃になっても、お蓮からの伝言は届かなかった。

お瑛がその報《しら》せを聞いたのは、それから十日後の、カラスがやたら鳴き騒ぐ秋めいた日だった。

翌日に草木染めの帯の展示会を控え、大忙しの取り込み中に、見知らぬ若者が暖簾《のれん》を割って入ってきた。お美津さんの使いの者だとかれは名乗り、お蓮姐さんが旅立った、とボソリと告げたのだ。

え、どちらへ……と思わず訊《き》きそうになった。

お蓮の容態をはるかに軽いものにみていたお瑛は、一瞬とんでもない勘違いをしてしまったのだ。すぐに悲しい報せと気づいて、立ち眩《くら》みのようなめまいを覚えた。

「まさか、先日、冗談を言い合ったばかりじゃないの」

「今朝早く……この夜明け前でした。通夜は今日の暮れ六つから、野辺送りは明日の朝です」

言うだけ言うと、使いの者は出て行った。

お瑛は呆然としていた。月末と月初めの忙しさにかまけ、まだ何の約束も果たしていない。この重陽《ちょうよう》の節句には、栗御飯を作って行こうと思っていたところだ。

十両を超す未回収の売上金が、一瞬、頭をよぎった。

いやいや、それは後で考えようと、そっと頭の隅に追いやってしまう。すぐにも駆けつけて、お蓮姐さんに別れを告げたかった。しかし展示の準備が終わるまではどうしても店を離れられないのだ。

結局は、暮六つからの通夜に駕籠でようやく間に合うという有様だった。

何かの間違いかもしれない、と通夜に出るまでは心のどこかで思っていた。だがそこに待っていたのは残酷な現実である。

路地には涼風が吹き抜け、先日訪れた時とは様子が一変していた。

ドブ板まで提灯の明かりで照らされ、人がざわめいている。たぶん女友達や、長屋のかみさん連が頑張ったのだろう、略式ながら狭い家の中は弔《とむら》いの準備が整えられていて、すでに遺体は納棺されていた。

早桶《はやおけ》（棺桶）は正面に据えられ、逆さに立てられた屏風に囲われている。

その前の小机には、灯明、線香、だんご、シキミなどが供えられ、むせかえるほどの線香の煙が漂っていた。

お瑛の目に止まったのは、その小机とは少し離れて、中途半端に置かれている花の壺だった。おそらく、まだ遺体が納棺される前、枕花《まくらばな》として誰かが手向《たむ》けたのだろう。祭壇が整ってみれば、どこに置いていいか行き場を失い、その辺りに放置されたと見える。

それは撫子の花だった。

実はお瑛もまた、この花を手にしていたのである。

夏も半ばを過ぎると毎年、掘割にかかる十六夜《いざよい》橋の袂《たもと》に、薄紅色の河原撫子が群がるように咲くのだ。草むらにそれを見るたび、お瑛は〝秋〟を見つけた気分になる。

あれはいつの年だったか。その花を摘んで、信楽《しがらき》の壺に無造作に放り込んでおいたら、たまたま来たお蓮が見て言った。

「まあ、可愛い花だこと。花の中じゃ撫子が一番好きよ」

「あら、見かけによらず可憐好みなんですね」

お瑛が意外そうに言うと、お蓮は笑って言ったものだ。

「もちろん蓮《はす》の花も好きだけど」

そういえばお瑛の愛読書『枕草子』でも、〝草の花は撫子　唐のはさらなり〟と清少納言が言っている。漢文ばかり読み耽《ふけ》っていたようなあの才女も、この可憐な野辺の花を愛《め》でたのだ。

考えてみると、お蓮は、地味で粋な江戸友禅を好んで着たが、帯や巾着などは、すべて華やかな撫子色を選んでいたようだ。

そんなことを思い出したお瑛は、単衣《ひとえ》の喪服を簞笥《たんす》から出して風通しする間に、裾をからげて十六夜橋まで走った。

もう開花の季節は終わっているが、それでも虫のすだく草むらに、咲き遅れの撫子が数本、薄紅色の花を開いていた。それを摘んできたのである。

焼香を済ませてから、お瑛はその花を、すでに数本入っている壺に、そっとさし込んだ。

2

「……てめえ、余計な手出しするなよ」

坊さんの読経が済み、浄《きよ》めの酒が出た頃、部屋の隅からそんな声が聞こえていた。

押し殺したような低い声だが、静かな通夜の席では、いやが上にも耳に入ってくる。

「大体おれは、おめえなんぞと、口もききたくねえんだ」

「オヤっつあん。おれだってあんたとは話したくないですよ。こんな席だから、仕方なく目ぇつぶってるんでね……」

「何だと、このガキ。出来損ないのくせに生意気な口をききやがって。てめえなんざ、とっとと失《う》せやがれ」

「あんたに言われる筋合いないです」

言い合いの声は、だんだん大きく聞こえてくる。

誰だい、あの人……、と長屋のおかみらが囁き合っている。お瑛はそっと目を上げて、そちらを見た。隅の方でいがみ合っているのは、お瑛には見知らぬ男たちだ。

一人は四十代半ばくらいの中年男で、大柄な身体に藍《あい》みじんの着物を、ややだらしなく着付けている。まあ、あれは〝切られ与三《よさ》〟だわ、とお瑛は内心思った。

その藍みじんは、本藍で染めた粋な色合いで、『与話情浮名横櫛《よわなさけうきなのよこぐし》』に出てくる切られの与三郎が着ることから、当世のいなせな若者に大人気となった柄だった。

その男のはいい具合に色が褪《さ》め、懐に豆しぼりの手拭いをのぞかせているのも洒落者らしい。だがいかんせん、いなせというには老けすぎで、頬の削《そ》げた色艶のない悪党づらが、いかにも荒れた生活を漂わせている。

もう一人は二十代初めくらいの、小太りで血色のいい若者だ。職人ふうの法被《はっぴ》を着ており、よく見ると、昼間に訃報を知らせにきたあの若者だった。

挨拶や立居振る舞からして、どうやらかれは喪主の立場にあるらしい。お蓮に身寄りはないと聞いていたが、弔いとなると、会ったこともない遠縁の者が現れたりすることがある。

通夜の客は多かった。あんな小さな店を一人で細々営んでいたにしては、予想外である。入り口で焼香して行くだけの人も合わせると、八十人近くになったろう。芸妓、茶屋娘、呑み屋の女将などの綺麗どころが、お蓮姐さんの死を悼《いた》んで、次々と馳せ参じてきた。

狭い部屋は、線香と脂粉の香りでむせ返り、啜り泣きの声でどよめいていた。女たちは早桶に取りすがり、なりふり構わず泣いた。彼女たちは泣きに来たのだ。盛大に泣きたかったに違いない。

だが坊さんが経をあげて帰る時分からは、彼女たちの稼ぎ時である。化粧を直し、挨拶を済ませてそそくさ引き上げていくと、部屋は潮が引いたように静かになった。

残ったのは、お蓮と特に親しかった女友達二人と、『蓮』の常連客らしい男が二、三人、それに大家と近所の人たち。そして、この二人の男がいたのだ。

お瑛は、明日の野辺送りには出られない。だからせめて今夜は、出来るだけ遅くまで通夜してあげようと思って残った。

誰かがコホンとわざとらしい咳払いをすると、二人の男は具合が悪そうに口を閉ざした。

「……お蓮さんは、どんな病いだったんですかね」

大家らしいその人が訊いたことで、ようやく故人の話題になった。

「お蓮ちゃんは半年ほど前から、背中の腫れ物に悩んでいたの」

親しい友人の美津が、説明した。

ただの腫れ物だ、具合の悪いのは夏の暑さのせい、と言い続けていたが、先日の医者の見立てでそれが悪性だと分かった。

「病気なんて認めたくなかったんだよね。気丈そうに見えて、本当は怖がりだったから……」

美津の言葉に、もう一人の友人が頷いた。

「お蓮さんのおかげであたしたち、ずいぶん楽しませてもらったね」

「みな貧乏してるのに、よく遊んだもんよ。お花見や花火のたびに、お酒とお弁当とゴザ持ってさ」

「そうそう、お蓮さんがすべて計画するんだよね……」

座がしんみりした時、突然また隅の方から怒声が響いた。

「……目障りだってんだよ、てめえみてえなくそガキは」

座はしんと静まった。

「へっ、おれがくそガキなら、あんたは何なんだ。十年も前に出てったくそ亭主だろうが。もう縁もゆかりもないのに、さんざん小遣いせびりやがってさ。どこから嗅ぎつけて来たか知らねえが、今度は、香典のおこぼれに与《あず》かろうってか。そうは問屋がおろさねえって」

「香典泥棒たぁ、てめえだろうが」

男はドスのきいた声で言った。

「分かってないな、オヤッつあん、姉さんは……」

「姉さんだと？　誰に向かって言ってやがる。夜鷹かなんかがひり出して捨てたガキを、お蓮のオヤジが拾ってきたんだぜ。おめえにゃあ、お蓮と同じ血なんか一滴も流れちゃいねえ。それでもさんざん可愛がってもらったくせに、お蓮の着物を質入れしてドロンしたのは、どこのどいつだ。泥棒が喪主たあ、笑わせやがる」

「うざってえんだよ」

開き直ったように、若者の声が急に大きくなった。

「あんた、オヤジに可愛がられてたっていうけどさ、毎晩のようにうちにタダ酒呑みに来てただけだろ。オヤジが寝てから、姉さんを手込めにしたのは誰なんだ。おれはちゃんと見てたんだよ、ゲス野郎が」

「てめえ……」

「失せるのはあんたの方だ。ここはあんたの来るところじゃねえって。もう亭主でも何でもない、ただのダニさ。言ってみりゃ疫病神だ……」

盃が若者の額すれすれに飛んだ。

若者はひょいとそれを躱《かわ》したが、取っ組み合いになった。膳が吹っ飛び、茶碗が音をたてて転がった。

「ちょっとちょっと、あんたら……」

中に割って入ったのは、大家らしい老人である。

「場所をわきまえてくれないと困ります。ここは通夜の席ですよ。これじゃ、お蓮さんも浮かばれませんや。話があったらどうか外で願います」

無理やり二人を家の外に押し出したが、座はしらけきって静まり返っている。誰もが胆を潰してしまい、絶えた線香に火をつける者もいなかった。

「さあさあ、呑み直しましょうや」

老人は線香をつけてから、皆に酒をついで回った。

「あんな人たちに誰が知らせたんですかね」

みな顔を見合わせたが、答える者はいない。

「でも……お蓮さんに、ご亭主がいたなんて」

お瑛の言葉に、隣家のおかみが首を傾げた。

「ここに越してみえて八年になるけど、あんな人は見たこともないねえ。うんと若い頃に別れた元亭主だろうねえ」

「あの弟は？」

「いいえ、あんな弟がいたなんて、初めて知ったんだよね。弔いのことどこで聞いたもんだか……」

「いえ、正《しょう》ちゃんには、あたしが知らせたんですよ」

それまで黙って酒を呑んでいた美津が、嗄れ声で言った。

「あれでも、たった一人の身内なんだから。木挽《こびき》町で芝居の呼び込みやっててね、何度か会ったことがあるの。遺産目当てとか言ってたけど、それはあの定《さだ》さんの方でしょうねえ、もっとも遺産があればの話だけど……」

一瞬、冷たいものがお瑛の胸を撫でた。

慎《つつ》ましいながら、これだけの葬式をあげて、そのお代は誰がどう工面するのだろう。葬式代だけではない、売り掛け金はどうなるのだろうか。そんな不安が、稲妻のように胸の底を青白く駆け抜けたのである。

正吉《しょうきち》は、見たとおりの貧しい若者だ。生前のお蓮はあれだけ窮乏していたから、店を処分したとしても、残るものは借金だけではないだろうか。

「あの元亭主って人は、どういう人ですか」

大家らしい老人が、不安げに訊いた。

この人も、部屋代を滞納されたまま泣き寝入りするのかな、とお瑛は思った。

「ああ、定五郎《さだごろう》さんは、渡りの左官でね。若い頃は、お蓮ちゃんのお父っつあんの下で働いてたそうだけど」

美津が首を傾げて言った。

「昔は鏝《こて》の達人だったと聞いてます。桶に水を張って、その上をスウッと鏝で撫でても波が立たないといわれた腕だって」

お蓮の亭主に収まったのは、親方が事故で死んでからだった。

だがやがて酒と博打で身をもち崩し、小伝馬町（牢屋）の厄介になったこともあり、お蓮との縁はとうに切れていた。

「飯場を渡ってれば、結構稼げるんだろうけど、博打をやめられないんだねえ。今でも時々、お金の無心に来てたみたい……」

「はっきり別れてなかったんですね」

お瑛は、ほんの少し非難めいた口調で言った。

自分が婚家を飛び出した時は、復縁を求める亭主をきっぱり撥《は》ねつけたという思いがある。心を鬼にしなければ、到底やってこれない場面が多々あったのだ。

「うーん、あたしたちって、だらしないとこあんのよ、ねえ」

美津は嗄れ声で笑い、そばの友人に応援を求める。

「この年になれば、なかなかいい旦那もつかないしさ。だから気心知れた古い男とは、そうキッパリとはいかないもんなの……ねえ？」

「そうなんだよねえ……」

波江《なみえ》というもう一人の丸顔の女も、笑って頷いた。美津より少し若いようだ。

「こんなやつ、いなけりゃ世の中どんなにせいせいするだろうって破落戸《ごろつき》でもさ、どこかで持ちつ持たれつってことがある。ええ、女一人で店張ってると、おっかない人がやたら寄ってくるからね」

「地回りのやくざ、博打打ち、高利貸し……みーんなろくでなしばっかり。弱みを見せたら最後すぐ食いついて、少しでもいい思いしようってさ。ああ、ちょっと失礼させて」

美津は莨盆《たばこぼん》を引き寄せて、煙管《きせる》に莨を詰め始めた。商売用の化粧を落としたスッピンで、目許に疲れが滲んでいた。だがふうっと煙を吐き出す瓜実顔《うりざね》には、名残《なごり》の色気が漂っている。

「だからお蓮ちゃんも、定さんみたい人、切れなかったんじゃないの。あたしも、亭主と別れて何年にもなるけど、今でも何かの時は泣きつきますよ。ええ、浅草で蕎麦《そば》屋やっててね。あたし、蕎麦の匂い嗅ぐだけで蕁麻疹《じんましん》出るタチでね、それを、蕎麦屋のおかみがそれでどうするって殴るもんだから、息子を連れて飛び出したのよ、しょうがないねえ」

言って、あはははは……と声をあげて笑った。

お瑛は、ふーんと密かに溜め息をついた。どんな商売も、女一人はラクではないということだ。

考えてみれば、あたしが何とかやってこれたのは、それなりに恵まれていたからなのだ。実父はあたしを他人に預けて消えてしまったけど、あたしを養女《むすめ》にしてくれた養父は、可愛がってくれた。骨董屋として日本橋に根を張っていたから、かれが亡くなった時、養母はその遺産をあたしに注ぎ込んでくれたのだ。

おかげで今の蜻蛉屋があるのだった。

だがお蓮は違う。女一人の才覚で世間を渡ってくれれば、あのような男に頼りたくなることもあったろう。与えられた条件の中で必死で生きてきたのだ。

そう思うと、非難めいたことを口走った自分の舌を、嚙み切りたくなった。

3

夜が更《ふ》けるにつれ、お瑛は気がついたことがある。戸口に人の気配がするたび、美津と波江ははっとそちらを見ることだ。

どうやら先ほどから、誰かをしきりに待っている様子である。

あの正吉が戻ってきた時も、二人は視線をそちらに向け、がっかりしたように声もかけずに視線を戻す。

正吉も黙ったまま、行灯《あんどん》の明かりの届かない仄《ほの》暗い隅の方にひっそりと座った。外でまたあのならず者と殴り合いでもしたのだろう、頰をひきつらせ、ただならぬ空気を引きずっているのだが、誰も訊きもしない。

入れ替わりに何人かが席を立って帰っていった。

亥《い》の刻（十時）になると、少し仮眠してまた来ると言い置いて、長屋の人々がいったん引き上げた。かれらは深夜にまた戻ってきて、朝まで通夜し、野辺送りの早桶を担ぐのだという。

狭い部屋はがらんとして、急に淋しくなった。

通夜をしているのは女友達二人と、正吉、それにお瑛だけだ。

「やっぱり来ないねえ」

美津は溜め息をつき、正吉を見て言った。

「正ちゃん、あんた、ちゃんと知らせた？」

「ああ、お美津さんから知らせを受けて、すぐに行ったよ」

「ちゃんと本人に言った？」

「うん、清《せい》さん、店にいたからね」

美津は頷き、意味ありげに波江と何か囁き合っている。

「あの、まだ来る人がいるんですか？」

お瑛が問うと、美津が親指を突き出した。

「肝心の〝旦那〟が来てないんだよ」

ああ……とお瑛の頬が微笑でゆるんだ。

結婚していなくてもいい、そんな人がお蓮にいたことで、ほっとしたのだ。そうでなければ、この世の中、あまりに寂しすぎる。

「造り酒屋の若主人でね、結構長い付き合いだったのよ」

造り酒屋の若旦那で、清さん……？　その二つのことが、不意に頭の中でつながった。

「あら、もしかしてその清さんて、佐渡屋の清三郎《せいざぶろう》さんのこと？」

「あらっ、お瑛さん、知っていなさるの」

「清さんていうより、佐渡屋さんの方があたしには分かりやすいわ。すぐ近くだから」

「まあ、そうなの」

そうだったのか、とお瑛も思う。それまでバラバラで止まっていた福笑いの目や鼻が、急に勝手に動きだして、あるべき場所に納まったようだった。

あれはいつだっけ、お蓮が、男連れで店に現れたのは……。相手はお瑛も顔見知りの佐渡屋の息子だった。

佐渡屋は日本橋本石町の古い造り酒屋で、養父母の代から付き合いがある。長男の清三郎も、お瑛は幼馴染みというほど親しくはないが、隣り町のよしみで道で行き会えば会釈するくらいの仲だった。

おっとりして爽やかな男前だったが、若い頃に嫁を亡くしてからは、しばらく所帯を持たなかった。お蓮がその清三郎と連れ立って来たのだから、お瑛は驚いた。

「いえね、清さんはうちのお客さまなの」

くすくす笑いながらお蓮は言い訳した。

「今日蜻蛉屋に着物を見に行くって言ったら、ついてきたの……」

いま思えば幸せそうだった。あの頃はもう、いい仲になっていたのだろう。

しかし、とお瑛は思った。

「でも、あの清さんなら、確か去年だったか、お嫁さんを貰ったんじゃないですか」

「そうなのよ、それで二人はコレになっちゃった」

美津は両方の人指し指を交差させた。

「もう一年以上、会ってないんじゃないかしら」

お蓮の家に見舞った時、何か頼みごとをしたかった風なのが、今さらに思い浮かぶ。あれはもしかしたら清さんのことでは……。そう思うとにわかに胸苦しくなった。

「あんな衛生無害なのっぺりした美男、どこがいいんだか」

波江が苦笑して言うと、美津がたしなめるように首を振る。

「好みってもんよ。お蓮ちゃんは、おっとりした人が好みだったの。清さんの方だって、人形みたいな大店《おおだな》のお嬢さんより、お蓮ちゃんの方がよほど面白かったんじゃない。あたしたちの世界が珍しかったのね」

「ずいぶん花見や蛍狩りについてきたよねえ。剽軽《ひょうきん》で、金離れがよくて……」

「初めから女房のいる人となら、うまくやっていけるけどさ」

美津は新しい線香に火をつけてから、同情したように言う。

「惚れた相手が独り者で、その人が嫁を貰った時ほどつらいことはないの。お蓮ちゃんみたいさばけた人でも、清さんの嫁には焼きもちやいたもの」

二人は凄い喧嘩を繰り返して、喧嘩別れしたという。

ああ、そうか、とお瑛は確信した。あの時お蓮は、清三郎に伝言を頼みたかったのでは。会いに来てほしいと。死ぬ前にもう一度、会いたいと。

「清さん、明日は来るでしょうか」

お瑛が線香を灯しながら言った。

「もちろん来ると思うけど。他ならぬお蓮ちゃんのお弔いだもん、来ないはずはない」

美津は首を傾げて言った。

4

翌朝は、少し肌寒いような秋日和《あきびより》だった。

帯の展示即売会は四つ（午前十時）からなのだが、五つ半（九時）頃から次々と客が押しかけてくる。

江戸友禅の、若くて人気のある模様師の作なので、若い娘同士で誘い合ってくるため、店は熱気に満ちていた。

「わあ、素敵……」

彼女たちはそんな嘆声をあげて帯に見入った。すっかり魅せられ囚《とりこ》になった娘たちを、一人ずつそばの座敷に上げて帯を当てがったり、それに合う着物の着付けを手伝ったりする。

一人ではとても手が足りないため、下女のお民《たみ》と、内働きのお初《はつ》も動員した。さらに近所の蠟燭《ろうそく》屋のおかみにも、応援を頼んだ。社交好きな伊代《いよ》は、蠟燭屋という地味な店に嫁いだことをいつもぼやいており、人の集まる華やかな席には喜んで来てくれるのだった。

「さあ、帯で遊びましょうよ！」

着物の似合う伊代がそう号令すると、若い娘たちは興奮して、大はしゃぎである。

一人が買うと言い出せば、連鎖反応で争うように次々と売約済みになる。こうして夕刻までには、高価な帯が、少なくとも七、八本は売れるのだった。

そんな忙しいさなか、お瑛ははっと一人のお客に注目した。
二十三、四のふっくらした品のいい女性で、そばに付き添って帯を合わせている伊代が、彼女を〝佐渡屋さん〟と呼んだのだ。
伊代が何かの用で近くに来た時、お瑛はさりげなく囁いた。

「あの方、佐渡屋さんの御新造さん？」

「ええ、佐渡屋のお里《さと》さん。一本売れそうよ」

伊代はそう耳打ちして、小走りで戻って行った。

にわかにお瑛は不安になった。

御新造がここに来ているのなら、清三郎は店にいるということだろうか。かれは行かなかったのか。

お蓮は今ごろ長屋の人々に見送られて家を出たはずで、野辺送りの行列は粛々と寺に向かっているだろう。

暖簾《のれん》の向こうに射す秋の陽を眺めて、その様を思い浮かべるとたまらない気がした。

その時、ふと閃《ひらめ》くことがあって、お瑛はそっと席を外し、誰にも断らずに裏口から外に出た。


「おや、いらっしゃいまし、いいお日和で」

佐渡屋に入って行くと、帳場から顔馴染みの番頭が愛想よく声をかけてくる。

お瑛は挨拶し、酒の銘柄を指定して言った。

「この清酒を、この住所に届けてほしいんだけど。七つ（午後四時）過ぎがいいですね。熨斗《のし》は不祝儀で、名前は蜻蛉屋と……」

お瑛は筆を借りて、お蓮宅の場所を書いた。

そこへ足音がして、若主人が出てきたのである。

「やあ、お瑛さん、お久しぶりです」

その端正な顔は以前より少し丸くなり、笑みを浮かべると福々しい吉相になった。

「あら、清さん、今日はお出かけじゃなかったんですか」

届け先を書いた紙を差し出しながら、さりげなく言ってみる。何か弔いのことを訊かれたら、答えようと身構えた。

「いや、今日は女房を蜻蛉屋に盗られちまってるんでね」

笑いながらかれは、お瑛の書いた届け先にちらと目を通した。一瞬、頬がこわばったようだ。

「はあ、とんだことで」

「今日はいいお日和でほんとに良かった……」

低い声でお瑛は呟いたが、それが相手に通じたかどうか。

「ええとあちらへは、清酒を、不祝儀の熨斗で、七つ過ぎのお届けですね」

目を上げずに紙を見つめたまま、かれは無表情で言った。

「はい、確かに承りました」

翌日は、雨がそぼ降るひんやりした日だった。

展示会を終えた夕刻、店を市兵衛に任せて、お瑛は再びあの路地の奥へ足を運んだ。

深川の火葬場から戻ってきたお骨に、線香の一本もあげてやりたかったのである。

骨箱の前では、喪主の正吉が、美津としんみり酒を呑んでいた。どうやら今後のことを相談しているようだった。

二人の前には、昨日、お瑛の贈ったあの清酒がある。

「お瑛さん、これ有り難うね。早速《さっそく》あけちまって……」

「ええ、どうぞどうぞ、あたしも相伴《しょうばん》しますから。ところで、これ、清さんが届けて来ました？」

「いや……酒を届けに来たのは、佐渡屋の丁稚でさ」

正吉が言った。清三郎はとうとう顔を出さず、香典も供《そな》え物も届けられなかったという。

「薄情なもんよね。あれだけ付き合ったんだもの、清さんならきっと来ると思ったけど……」

美津が煙管を使いながら言った。

「あたしたちの色恋沙汰なんて、生きててなんぼのもんなのよね。死んじまったら何もかもお終いさ」

美津にそう言われると、真実味があった。

お瑛は惑《まど》っていた。他人は、自分の思いどおりには動かないもの。昨日はわざわざ催促がましく、お節介なことをしたかもしれない。はなから来る気のなかった清三郎には、迷惑なことだったろう。

正吉は傍らで、算盤《そろばん》片手に、香典と葬式代の損得勘定を始めている。遺体が骨になり一段落してみれば、目前にのしかかってくる問題は金だった。

「チェッ、全然足りないぜ。お美津さんが立て替えてくれた分、返せるかどうか……」

正吉がぼやくと、美津はそれなりの覚悟があるらしく、静かな口調で言った。

「あたしのは香典代わりだよ。お蓮ちゃんにはずいぶん世話になったからねえ。それより蜻蛉屋さんはどうなの、相当、滞《た》まっていたんじゃない？」

「ああ、うちは急ぎませんから」

お瑛はつい、そう言った。骨になって帰った日に、借金の話はまだ生々しく思われたのである。

「でも、請求書はちゃんと出しといた方がいいわ。もしかしての話だけど、店を処分したら幾らかお金ができるかもしれないから」

正吉に釘を刺すように美津は言った。

5

正吉を残して家を出た時は、もう真っ暗だった。

細い雨がまたしょぼしょぼと降りだしており、お瑛は傘をさし提灯を下げて美津と一緒に路地の木戸を出た。家はすぐ近いからと、美津は傘も提灯《ちょうちん》もなしに、闇の中に駆けて行った。

月のない暗い夜だった。大通りまで出たら駕籠を拾おうと、お瑛は足を早めた。

「もし、蜻蛉屋のお瑛さんで……」

そう呼び止める低い声を背後に聞いた。

はっと立ち止まり周囲を見回すと、少し離れた柳の木の下の暗がりに、傘もささずに男が立っている。提灯を掲《かか》げてその大柄な黒い影を見て、お瑛はぞっとした。

切られ与三の着物を着た、あの定五郎ではないか。

もう美津の姿は角を曲がってしまっていて、辺りに人影らしいものは見当たらない。いっそ聞こえないふりして、行き過ぎてしまおうとも思ったが、お瑛は観念して向き直った。

「はい、お瑛ですが、何でしょう」

定五郎はそばに歩み寄ってきた。

「あんたにちょっと頼みがあるんだが……」

「あたしに？　まあどんなことですか」

「ここじゃ何だから、この先の知った呑み屋で……」

かれは油断なく周囲を見回した。

「いや、手間は取らせねえ、こちらもちっと急いでるんでね……。帰りのことは心配無用、駕籠を案配するから」

頬の削げたこの悪党づらと向き合うなんて、想像するだけで腹の底が冷えた。あの通夜にただ同席しただけの自分に、一体どんな頼みがあるのだろう。顔と名を覚えられていただけでも気色《きしょく》が悪い。

だがじっと相手の顔を見ると、何か切羽詰まったものが、その光る目と大柄な身体から発せられているように感じられる。お瑛は、断りきれずに頷いていた。

行きがかり上、仕方がない。そう覚悟を決め、先に立って歩きだした定五郎の後に従った。

だがそこは呑み屋ではなく、男と女が一夜を過ごす出合い茶屋ではないか。古いが構えは粋な数寄屋造りで、ぼうっと灯る軒《のき》行灯もどこか艶《なま》めいている。

お瑛は思わず非難めいて定五郎を見た。

だがかれは頓着なしにさっさと入っていく。仲居がすぐに先に立ち、廊下を渡って奥の薄暗い座敷に案内した。かれは手拭いで着物についた雨粒を拭うと、馴れた様子で冷や酒を注文する。

仲居が消えると、やおらかれはお瑛に向き直った。

「こんな所ですまない、人に見られたくねえんでね。実はお瑛さん、あんたに預かってもらいてえものがある」

言いつつ、卓上に包みを置いた。いかにも古びた藍色のちりめんの風呂敷に包まれており、四角い大工箱のように見えるが、それにしては少し小さい。

「何ですか、これ」

お瑛は固い声で言った。

「いや、見てのとおり、ただの弁当箱なんだがね、ちょいと持ち上げてみなせえ」

言われるままそれを手にしてみて、鳥肌が立った。ずっしりと重く、片手でひょいとは持ち上がらなかった。

これは……。言葉にならず、熱い物にでも触れたように手を引っ込める。廊下に足音がすると、定五郎はすぐにそれを卓の下に隠した。酒と肴《さかな》を並べて仲居が出て行くのを黙ってやり過ごし、再び口を開いた。

「ここに五十両ある。葬式代にしてもらいてえんだ」

「ええっ、五十両？　あの、それ……」

お瑛は面喰らって、口ごもった。

「葬式代ってことでしたら、あたしじゃなくて、正吉さんかお美津さんに……」

「いや、あんたがいいんだ」

「あたしはただの……」

「いや、聞いてもらいてえんだ」

強く遮《さえぎ》り、酒で舌を湿してからかれは語りだした。

お蓮からあの手紙が届いたのは、いま思えば、死の数日前でしたよ。正直、おれは驚いた。お蓮のやつ、字が書けたのか……とね。

夏風邪をこじらせて寝込んじまって、医者や薬に金がかかる、月末の払いも溜まっているんで、当面の必要額を急ぎ都合してもらえまいか……そういう内容だった。

お蓮からの無心ってのは、珍しかったんですよ。

都合してほしい額は五十両。お蓮がそんな大金を、この極道の亭主に無心するなど、かつてなかったことだ。

ピンときましたよ。こりゃよほど詰まってるに違いねえ、と。借金で身動きとれねえところへ、病気がかかってきたんだと。稼がなけりゃ、借金は嵩《かさ》む一方だ。こりゃ放ってはおけないだろう。

ここで何とかしてやれなけりゃ、おれは男じゃねえと思った。

おれはダメな男だ。

お蓮にさんざん世話になりながら、恥をかかせるようなことばかりやってきた。それでもあいつは、財布の底に小銭しかなくても、その日の酒を振る舞ってくれたんだ。オヤジさんそっくりで、気前がよくて、一生金に縁のない女だった。そんなわけで、一両日走り回って工面したのが、この金だ。お蓮のやつ、おれを待ってくれても良かりそうなもんじゃねえか。

ところがどうだ、大急ぎで届けに行ってみると、何とあの家に弔いの暖簾が下がってる。一体誰の弔いなんだと、その辺にいたおかみさん摑まえて訊いてみたら、お蓮だという。

さすがのおれもぶったまげて、路地を飛び出しちまったよ。路地を間違えたんだと思った。違う路地入《へ》えったら、お蓮が待っててくれるような気がした。あいつ、死に急ぎやがって。待っててほしかった。

気がついたら、あの掘割の辺りをうつけたように彷徨《さまよ》っていた。やっとおれは悟った。誰が知らせてくれたのでもねえのに、通夜に顔出すとは、こりゃあお蓮に呼ばれたに違いねえ、とね。

あいつは死を予感して、最後におれを頼ったんだ。この金はあいつの棺に供える筋のものだ。

ところがどうだ、通夜は、あの正吉が仕切っているじゃねえか。

なぜ恩知らずのあのチンピラが喪主なんだ、お蓮の大事にしてた着物や帯を、ごっそり古着屋に売り飛ばすようなワルが……。

「あいつが喪主である限り、この金を渡すわけにゃいかねえんだ。ああいう小悪党ほどタチが悪い……いや、このおれが言うのもお笑い草だがね」

笑うと、定五郎の削げた頰に影ができた。

「おれは悪党づらしてるから警戒もされようが、あいつはごく普通の顔で人に近づくんだ、だから誰もが安心してしまう。あれで、どれだけ人を騙してきたか……。所詮でかいことは出来ねえやつだが、香典持ってドロンするぐらいは太鼓判もんだぜ」

改めて包みを見詰めて、お瑛は溜め息をついた。そうか、そういうことだったのか。

あの通夜の席の言い争いも、いま思えば事情が分かってくる。

「蜻蛉屋さんには迷惑かけてると、聞いてましたぜ。たぶんここにある半分は、お宅に返す金じゃないか。ならいっそお瑛さんに預けた方が、話が早いと……まあ、そんなように思ったわけでして」

お瑛は涙ぐんで黙っていた。

「というわけでお宅の分を取って、その残りをお美津さんに渡してほしい」

「………」

お瑛はなおも黙っていた。

定五郎の意外な面を見せられて、胸打たれないわけはなかった。

しかしである。この金にうかうか手を出していいのかどうか。一両日でこれだけ調達するとは、一体その出所はどこなのか。

「ああ、出所は心配ありませんや」

お瑛の不安を見透かしたように、かれはまた頬に深い影を作った。

「これは綺麗な金だ。さる所に預けていたおれの金を、取り戻しただけのこと、何の問題もない……」

6

ふと定五郎は言葉をとぎらせ、耳を澄ました。遠くから廊下を走ってくる足音がして、襖の向こうで止まった。

「旦那さま、どこかの組の若い衆が探しておりますよ」

襖ごしの声は、先ほどの仲居である。

「おう、来たか、分かった」

低く言うや、やおら中腰になり、金の包みをお瑛に押し付けた。

「さあ、お瑛さん、頼みます。これを持って、その濡れ縁からお出なせえ」

すぐ前の茂みに隠し戸があるはず、鍵は開いてる……と尻を端折《はしょ》りながら早口で畳みかけた。

「なに、怖がることはねえ。こんな茶屋じゃこんな騒動は日常茶飯事。おれたちゃ、色恋でないのが残念だ」

「でも、定五郎さんは……」

「大丈夫、やつらの手じゃ死なねえやな。ただしあんたと会うのはこれが最後だ。達者でな」

言いざま、全身を殺気立たせて、廊下側の襖をガラリと開けて飛び出して行った。

それ、庭に逃げたようだぞ、中庭だ……。口々に叫ぶ声がし、遠くにドドッ……と雪崩《なだれ》のような足音がした。

お瑛は無我夢中で包みをしっかり抱え、立ち上る。障子を開け、濡れ縁から裸足《はだし》で外に出た。外は真っ暗で何も見えない。だが手を伸ばすと、濡れた茂みが手に触れる。なお手を突っ込むと、隠し戸らしいものがあった。

気合いを入れて茂みにもぐり込み、木戸を開いて外に転がるように出た。暗い夜空のどこかに、鋭い叫び声が響いている。だがそれは遠く、だんだん遠ざかって行くようだ。

お瑛は明かりのない裏路地を、じっとり雨に濡れながら、声とは反対方向に夢中で走った。


後日、岡っ引きの岩蔵《いわぞう》親分に調べてもらったところでは——。

定五郎は数日前に、北千住を縄張りとする人足の親方と、支払いのことで口論となり、匕首で脅して金を出させた。だが逃げる間際に抵抗され、深く一刺しして逃げたらしい。

親方は死んではいないが、瀕死の重態という。

あの茶屋に押しかけたのは、定五郎の行方を探していた子分ではないか、と岩蔵は言った。その後、捕まったとも聞かないから、何とか逃げおおせ、今頃は江戸を出ているのではないか、と。

いま思えば、定五郎はたぶん初めから逃走経路を考えた上で、あの茶屋のあの座敷に決めたに違いない。

お瑛は預かった五十両を、神棚にあげていた。

定五郎に言われたとおり、使わせてもらおうと心に決めている。かれの言葉を信じてもいいのではないか。かれが命に代えて取り戻した金を、活用しなければ申し訳ないと思った。

「……ですよね、お蓮さん」

神棚に向かってお瑛はそう念じた。

棺のそばにあった撫子の花が、今も鮮やかに瞼に浮かぶ。

あれを手向けたのは清三郎だと、それまで漠然と想像していた。だがよく考えてみると、そんなはずはないのだ。

かれは一度も弔いに顔を出さなかったし、もう撫子などは花売りは売っていなかった。路傍にはまだ咲いていたから、あの花を摘めたのは、あの掘割の附近を彷徨った定さんしかいない……と今は思う。

いや、誰であっても構わない。かれは最後に、もっと大きな花をお蓮さんに献じたのだもの。

「お蓮さん、安心して先に逝《い》きなすったんでしょ？　あの人が、後の帳尻をすべて合わせてくれると信じて」

ええ、ええ、すまないねえ、お瑛さん……。

そんなお蓮の嗄れ声が耳許に聞こえたような気がした。

第二話　曼珠沙華《まんじゅしゃげ》の咲く頃

1

ゆらり、と目の端で赤いものが揺れた。

金木犀《きんもくせい》の香りが大気に満ちて、秋晴れだった。

日本橋の上には真っ青な空が広がり、はるか彼方に馬の鬣《たてがみ》を思わす白い雲が、一刷毛《はけ》はいたように薄く流れている。こんな日は、お日様をいっぱいに使って洗い張りしたいものだとお瑛は思った。

娘時代、よく義母のお豊《とよ》が裏庭に広げていたものである。布をぴんと張った張り木の下で遊んで、叱られたものだっけ。義母が元気だった頃のそんな懐かしい光景を思い出しつつ、日本橋にさしかかって、ふと赤いものが目前を掠《かす》めたのだ。

あれは何……？

「まあ、きれいな曼珠沙華《まんじゆしやげ》……」

視線を巡らして、お瑛は思わ声をあげていた。前を行く老人の荷に、一本の曼珠沙華が挿《さ》してある。それは、よく巡礼が背中の荷に挿す柄杓《ひしやく》のように見えた。

老人は振り向いた。

「はあ、大川端に咲いておったでの」

汗を拭きながら老人は言った。北国の訛《なま》りが、その抑揚に強く滲んでいる。

「彼岸花《ひがんばな》でがんすよ。わしの田舎じゃ、地獄花とか死人花《しびとばな》とも言うでがんす」

「へえ、お故郷《くに》はどちらですか」

「南部富嶋《とみしま》で」

老人は言いかけ、辺りを見回した。

「ああ、この近くで、とんぼ屋ちゅう店を知らんですかの」

「あら、うちでございますが」

お瑛は肩をすくめて頭を下げた。思わず苦笑したのは、蜻蛉《かげろう》屋を〝とんぼ屋〟と読まれることに、今も軽い違和感を覚えたからだ。

「ほう、あんたがお瑛さんでがんすか」

「はい、まあ、何のご用でしょう」

老人は頷いて、何やらもそもそと懐を探っている。

商売人は一目で相手の職業を見分けなくちゃいけない、とかねがね、お豊から言われている。だがこの老人を一瞥した限りでは、何をしている人か見分けられなかった。

ずんぐりした短軀、尻を端折ったつぎはぎだらけの着物、埃っぽい脚絆《きゃはん》、すり切れた草履《ぞうり》。薄い結髪には白髪が混じり、見るからに見すぼらしく草臥《くたび》れている。

だが日焼けして角張った顔には威厳めいたものがあり、ごつごつして、ひどく頑固そうに見えた。

「このことで、ちと伺いたいんでがんす」

差し出されたのは、一枚の瓦版である。

こんな所に立ち止まるな、とばかりに天秤籠を担いだ棒手振《ぼてふ》りが通り抜けて行く。さあ、寄った寄った……と先駆けの者が触れ回り、続いて十人ほどの駕籠の行列が通り過ぎていく。

お瑛は欄干に寄ってやり過ごし、その瓦版を広げて見た。それはこの夏、日本橋界隈で起こった事件を報じたもので、すでに読んだものである。

事件とは、若い指物《さしもの》職人が鑿《のみ》で人質を脅し、稲荷神社のお堂に立て籠ったというもの。その数日前に吉原で火事があり、花魁《おいらん》が妓楼主に蔵に閉じ込められ、蒸し焼きになったのだ。

義憤に駆られた指物師は、この妓楼主の身柄を引き渡せと要求した。これが通らなければ、人質を刺して自分も死ぬ、と。

あわや大捕物になりそうなところ、たまたまこの指物師を知っていたお瑛が一計を案じ、近所の浪人者に頼んで説得を試みたのだ。

奉行所から捕り手が駆けつけた時には、指物師は説得に応じて人質を解放しており、自ら進んでお縄を受けた。おかげで誰も死なず、犯人は獄門を免れ、悪逆非道の妓楼主は世間の厳しい糾弾を浴びた。

この顚末《てんまつ》は、町のちょっとした美談となったのである。

「わしが知りたいのは、この捕物に協力したという浪人者でがんす」

老人は紙を太い指先で弾《はじ》いて言った。

「その働きぶりからして、わしの探しておる者ではないかと……。占部多聞《うらべたもん》という者だがのう」

占部多聞……！

あの時、説得役を頼んだ近所の浪人者の名は、確かに占部多聞という。お瑛は思わず、黒黄八丈の着物の襟《えり》をかき合わせ、素早く頭を回転させた。

多聞は、自分の名前は出さないのを条件に、説得役を引き受けたのだ。実際、界隈でかれを知る者はいなかったし、顔を見知っていても名前まで知りはしない。

そのため瓦版には、無名の市井《しせい》の人として〝浪人ながら胆《はら》が据わっており、沈着に説得役を果たした〟と書かれたのみだった。

あの人に何の用だろう、とお瑛は案じた。

近くの裏店に隠れ住み、過去に口を閉ざしてひっそり暮らしているものを、軽々しく名を明かしてはとんだ迷惑がかかる。

「さあ、あいにくお名前まで存じ上げません」

とっさに嘘をついた。

「はて、江戸のおなごは……」

老人はぎょろりとした目をむいて、しげしげとお瑛の顔を見つめた。

「通りがかりの素姓も知らん者に、あんな大役を頼むもんでがんすか。浪人とはいえ、相手は武士でがんすよ」

お瑛はぐっと詰まった。

あたしだって何も見ず知らずの者を引き込んだわけではない。多聞とあの指物師は、親しい呑み友達だったからこそ説得役を頼み、それが功を奏したのである。

言いこめられそうになって、胸にむくりと闘志がわいた。

「何ぶんにも緊急の場合でしたから。とっさに声をおかけした相手が、たまたまお武家さまだったということで。協力頂いて本当に光栄でした」

「ふむ、通りがかりであれば、近くに住んどるわけでがんすな」

「あ、それは分かりません」

すぐまた次の手を繰り出してくる。何とまあ喰えない老人だ。

「たまたま通りかかっただけで」

「いんや、近所だから出歩いておったんでがんすよ。んだば、また会うだろうて、その時はぜひ伝えてもらえんかの。杉浦八右衛門《すぎうらはちえもん》が、探しておると」

「はあ、でも……」

「杉浦が折り入って話があると……近いうちとんぼ屋に行くでの、よろしく頼みましたぞ」

軽く頭を下げるや、老人とは思えぬ軽い足取りで立ち去った。

金木犀が強く匂いたち、見送るお瑛の目の中で赤い曼珠沙華が揺れていた。

その翌朝、杉浦老人は、本当に蜻蛉屋の店頭に立ったのである。

たまたま店を留守にしていたお瑛は、帰って来て老人の再訪を聞き、驚いてしまった。また来るとは言っていたが、まさか翌日に来るなんて。

「朴訥《ぼくとつ》そうに見えて、あのご老人、意外と手強いご仁で」

市兵衛は苦笑混じりに言った。

例の件はどうなったか、とまるでどうかなるのが当然のように問うたという。女将《おかみ》は留守だと言うと、あのぎょろりとした目で、疑わしげに市兵衛を睨んだ。

「匿《かくま》いだてしては、ためにならんでがんすよ。その男がもし多聞なら、わしを見過ごしにしては罰があたるべえ」

脅すようにそう呟いたという。

「まあ、ずいぶん偉そうだけど、何やってる人かしら」

「漬物売りじゃないすか」

「漬物……？」

「今日は恵比寿《えびす》さんのべったら市でしょう、どうやらあそこに露店を出してるようですよ」

「べったら市に？」

お瑛はいよいよ目を丸くしてしまった。

確かに今日は恵比寿さんのお祭りだった。七福神の中でも恵比寿神は商売繁盛の神様だから、日本橋という商業地域では大変な賑わいとなり、神輿《みこし》も出る。

門前の恵比寿通りにはべったら市がぎっしり立ち並び、べったら、べったら……と競って大根の麴《こうじ》漬けを売るのだが、これがまた大人気なのだった。

お瑛も毎年お参りを欠かしたことはなく、この季節はべったら漬けがしばらく食卓を賑わすことになる。

だがあの老人が漬物売りとは。どうもしっくりこなかった。露店の物売りにしては、態度がでかすぎはしないか……。

「いや、手前はよく知りませんがね、通りの中ほどに店を出しているんで、何か分かったら報せてほしいと言うんですがねえ」

なぜ見ず知らずの老人に、われわれが手間ひまかけて協力する義理があるのか、かえすがえすも押しつけがましい、と市兵衛は憤慨する口ぶりである。

だがお瑛が朝から留守をしていたのは、多聞の家を訪ねたからだった。かれが仇とばかり付け狙われているようなので、一刻も早く報せなくては、と気がせいたのだ。

どれだけ驚くかと思いきや、話を聞いた多聞は、いつもの剽《ひょう》げた笑いを浮かべて呟いた。

「ふーむ、瓦版のおかげで困ったことになったものだ」

その落ち着いた口調ではどうも仇討ちでもないらしい。

もっと何か話してくれるかと期待したが、かれはそれきり腕組みして黙り込んでいるばかり。

それはないんじゃやない、とお瑛は胸の中で呟いた。朝から仕事を中断して飛んできたのに。いつもながらのかれの優柔不断ぶりに、しびれを切らした。

「放っておきましょうか？」

うーん、とかれは首を傾げて考え込む様子で言った。

「放っておけば、あのじいさま、また来るだろうな。どこかに旅に出たとでも言っといてもらえますかね」

その返事を、今度は老人に伝えなくてはならない。市は今日と明日しか出ないのだ。

「旨えぞ旨えぞ、買ってってくんねえ」

「それ、安くて旨え、べったら漬けぇ」

両側に立ち並ぶ露店から、威勢のいい声が飛んでくる。

人でごったがえす恵比寿通りの真ん中を、お瑛はかき分けるようにして歩いた。うっかり店の近くを通ると、それ、べったら、べったら……と麹の滴る大根を鼻先まで突きつけられる。それで着物を汚されてしまったことがあったのだ。

漬物ばかりでなく、飴や、玩具などを売る店もたくさん出ていた。

あの杉浦八右衛門は、南部名産と旗を立てた露店のそばに突っ立って、道行く人を眺めていた。台には、ゆべし、わんこそば、鉄鍋、鉄器などが並んでおり、十五、六の若者が番をしていた。

「まあ、ここにおいででしたか」

お瑛は笑いかけ、潰し島田の頭を軽く下げた。

「や、蜻蛉屋の……」

老人は照れたようにねじり鉢巻きを外した。

「まあ、この名産はみな、お郷《さと》のものなんですね」

「ああ、故郷を出てもう一年になるでがんすよ。例の占部多聞もわしと同郷だでのう……」

「ああ、そのことですけど。ちょっと人に訊いたところでは、あのお方は、もう日本橋にはいらっしゃらないそうですよ」

八右衛門は、ぎょろりとした目でお瑛を見つめた。見るからに堅苦しい顔が、みるみる険悪になった。

「どこへ引っ越したでがんすか」

「何でも旅に出なすったとか……」

「いんや。あの占部は、旅なんぞに出る男ではねえでがんす」

老人は頑固そうに太い首を振った。

「少し前に、日本橋で見かけた者もおるでな、日本橋におるのは間違いない」

「そう申されましても、あたしはただ……」

「あんたには話せんが、火急の話があるんじゃ」

老人は顳顬《こめかみ》に青筋たてて遮った。

「これ以上逃げ隠れせんよう、ぜひ伝えて下さらんか。わしゃ、本所塩小路の南部屋に居候しておるでの、はあ、そう伝えてもらえたら有り難えことで」

八右衛門は初めて、その白髪頭を下げた。

2

夏と違って、秋の夕暮れは短い。

日が暮れると一気に夜になってしまう。

商品の衣替え、冬物の発注と、季節の変わり目は忙しく、うかうかしていると一日がすぐに終わってしまう。お瑛は外出もせずに、気ぜわしく立ち働いていた。

あの老人の言葉を占部多聞に伝えて二、三日後の夕方――。

「ごめんなすって……」

聞き覚えのある声が店頭に響いた。

嫌な予感がして、お瑛はそっと目を上げる。そこに立っているのは、案の定、この界隈を縄張りとする岡っ引きの岩蔵だった。

「や、おかみさん、すんませんな、お忙しいところ」

やおら懐から紙を出し、指で弾きながら如才なく言った。

「ちっと、教えてもらいてえんですがね」

ああ、またか……。

それがあの瓦版だと目ざとく見て取って、お瑛はうんざりした。

実を言うと、少し前の、瓦版が出たての頃、もう一人訊きにきた者がいたのである。多聞と年の頃の同じ、二本差しの侍だった。

何も知らないとやんわり断ると、意外にあっさり帰った。

これで三人め。一体全体何をしなさったというのよ、あの多聞さまは。

「この騒動に出てくるお侍ですが、どこの何者ですかね」

「まあ、親分さん、藪から棒に。どういうことでしょう。その方、何をしなすったんですか」

「いや、お侍が何したというわけじゃねえんで。その親戚を名乗る者が、この先の自身番に繋《つな》がれてるんでね」

「ええっ？」

お瑛は耳を疑った。あの多聞に親戚がいるなんて、今まで聞いたことがない。少しばかり知恵を巡らせて、ようやくピンとくるものがあった。

「もしかしてその方、南部名産を売るおじいさんでは？」

「やっぱり知っていなさるか。あのじいさま、日本橋通りに、勝手に露店を出したんでさ」

天下の日本橋通りに、と嘲笑する響きがあった。

このお堀通りに露店を出すには、鑑札がいる。それを知ってか知らずか、無断で店を出すとは何たる田舎者……と。

確かに恵比寿通りのべったら市とはわけが違うのだ。あちらでは縄張りを仕切る親分に、南部屋が相応の筋を通してあったに違いない。

自身番に突き出された老人を、この岩蔵親分が取り調べた。かれは杉浦八右衛門と名乗り、占部多聞の名を口にして、次のようないきさつを語ったという——。

八右衛門は南部富嶋藩の出身で、占部の親戚だった。

五年前に故郷を出奔したこの占部を追って、去年江戸入りし、探していたが、あの瓦版を見せ、占部ではないかと教えてくれる人がいた。読んでみれば、確かにあの男のようだ。占部はどうやら江戸のど真ん中に隠れ潜んでいるらしいと、初めてかれは感触を得たのだ。

そこで、同郷の名産店に頼みこみ、界隈に露店を出させてもらって通行人を観察していたというのである。

「いや、もう、意気軒昂なじいさまで。物売りに身を窶《やつ》しているが、あれで故郷に帰りゃ、お侍なんですわ。占部についちゃ、この瓦版を見てくれという。そういや、あの事件はよく覚えとりますわ。こりゃ、つべこべ言ってるより、一っ走りして、おかみさんに訊いた方が早えと思ったんでね」

聞いていてお瑛は呆れてしまった。

あの人、岡っ引きまで巻き込んだのだ。それも多聞を探すための策略だったとすれば、何と狡猾で、はた迷惑な老人だろう。

「でも……そのおじいさんはどうなるわけ？」

「いえ、身元引受人さえいりゃ、お咎《とが》めなしでさ」

岩蔵は、何かましなことを言う時の癖で、チロッと蜥蜴《とかげ》めいた舌を出して唇を舐める。

「ところが話を聞いてみると、これが、見かけによらず感心なじいさまなんでさ。ご老体、何のために田舎を出て来たと思います、仇討ちのためなんでさ」

「仇討ち？」

ドキンと胸が高鳴った。

やっぱりという気がした。わけありとは思っていたが、まさに図星である。多聞はやはり、仇としてつけ狙われていたのに違いない。

何となく店内を見回し、若い女客が二人、あれこれ反物を見ているのを確かめた。

とっさにお瑛は岩蔵の背を押して外に連れ出し、心付けを渡して囁いた。

「外で話しましょ」

そして暖簾から首だけ差し入れて、市兵衛に言った。

「市さん、ちょっと蜥蜴《とかげ》の親分と話があるから、店を頼みます」


晴天が続いて空気が乾いているせいだろう、吸い込まれるように空が澄み、夕焼け空が美しかった。

「……で、親分さん、占部さまは一体何をなさって、狙われておいでなんですか？」

路地に入り、真っ赤に染まった土蔵に沿って歩きだしてから、お瑛はやっと切り出した。近所の子連れの主婦が、会釈してすれ違っていく。

「いや、おかみさん、勘違いしちゃなんねえ。占部ってお侍は、討手の方なんですわ」

「えっ？」

「つまり仇を討たねばならぬ立場にありながら、もう五、六年もうだうだと逃げ回ってるそうですぜ。業を煮やしたご老体が、喝を入れに出て来たってわけで……」

路上を掃除している老人が、日が落ちるのが早いねえ、と声をかけてくる。岩蔵は軽く会釈を返し、声を低めて説明した。

それによると――。

占部家とは、南部富嶋藩に古くから仕《つか》える家柄だが、多聞はその次男に生まれた。だが普請奉行だった父親は早くに病没し、五つ年上の兄、信義《のぶよし》が家督を継いだ。

この信義は八歳で藩主の世子の伽《とぎ》を命じられ、十六歳で近習となり、三十四歳で用人にまでなった人である。

ところがこのとんとん拍子の出世を妬《ねた》まれてか、その年、以前、同じ近習だった者と揉め事を起こし、斬り合いになったあげく、相手に斬られてしまったという。

信義が先に刀を抜いたことで、相手すなわち鶴田《つるた》某は正当防衛と見なされ、さしたるお咎めなし。当分の謹慎の後、江戸屋敷に配置替えとなった。

これで一件落着、という成り行きに激昂したのが、信義の遺族である。信義が先に刀を抜いたとはいえ、喧嘩を仕掛けたのは先方だった。喧嘩両成敗であるべきところ、一方的に信義が責めを負った形ではないか。

戸主がこうした無念の死を遂げた場合、遺族は家名を継ぐことができないのだ。お家を再興したければ、仇を討って名誉を回復する必要があった。

すなわち占部の名を存続するためには、何としても仇討ちをし、恨みを晴らさなければならぬ。

だが名義人たるべき嫡男の直義《なおよし》は十歳で、なよなよした柔弱少年だった。

弟の多聞は、二十九歳で身軽な独り身。徒目付《かちめつけ》として兄の下におり、剣の心得もそこそこあって、道場で師範代を務めたこともある遣《つか》い手だ。仇討ちにはこの弟がどうしても必要だった。

鬱憤さめやらぬ占部一族は、侃々諤々《かんかんがくがく》の協議のすえ、この多聞に仇討ちの討手助勢役を委《ゆだ》ねることになった。めでたく本懐を遂げた後は、兄の未亡人と結婚して占部家を継ぎ、直義の義父になってもらおうと。

その説を強く主張したのが、杉浦八右衛門だった。

かれは信義の舅だから、占部の血筋ではない。とはいえ嫡男直義の祖父である。先《さき》手《て》組の物頭《ものがしら》を長く務めた生粋の南部武士で、〃仇討ちせざるは武門の恥〃とばかり、自ら襷がけで乗り出しそうな剣幕だった。

ところが問題は、肝心の多聞である。

貧血症ぎみで優柔不断のこの次男坊は、日頃はのらりくらりしているくせに、この時ばかりは仇討ちは自分には不向きだ、とはっきり断ったのだ。

おまえしかいない、天晴れ仇討ちを果たしてお家再興を……。

周囲から口々に煽《あお》られるうち、怖《お》じ気づいたらしい。或る日、誰にも何も言わずに、忽然《こつぜん》と行方をくらましてしまったのだ。

嫡男はまだ柔弱な子ども、頼みの弟は行方不明……とあって、占部家は危機に陥った。存続のためには、ぜひとも嫡男を立て、多聞を探し首に縄をつけて連れ戻して、仇討ちをさせなければならぬ。

それも安閑としてはいられぬ事情があった。

江戸からの情報によれば、仇の鶴田京之助《きょうのすけ》は、殿様の覚えもめでたく、藩邸でめきめき頭角を顕《あらわ》しているとのこと。今は側用人だが、いずれ用人になり、家老に出世するのも時間の問題。

そうなっては、仇討ちもしにくくなる。

決行するのは、反鶴田の勢力がまだ健在のうちでなければならぬ。長引いては機を失すると、一族はやきもきした。

業を煮やした八右衛門は、周囲の勧めもあって、昨年ついに長子の直義を立て、助っ人を勝手に占部多聞として仇討ちを申請したのである。

鶴田は、殿様の覚えめでたい寵臣である。この仇討ちは、藩を二分する二つの勢力の拮抗を問う、裏の意味があったのだ。

だが筆頭家老が鶴田の勢力拡大を嫌い、殿様をも動かした。ぶじ許可が下り、直義と八右衛門は勇躍して江戸に乗り込み、多聞を探し始めたという経緯だった。

多聞を見つけた暁には晴れて鶴田京之助に果たし状を叩きつけ、本懐を遂げて故郷に錦を飾ろうと——。

聞きながらお瑛は胆を潰していた。

曼珠沙華を一輪、背中の荷に挿した老人の姿が目に浮かぶ。

日本橋を復讐の念をたぎらせて通る人がいるかと思えば、討手の宿命を背負った人物が、すぐ近くの裏店に身を潜めているのだ。

これまで多聞を取り巻いていた謎めいた霧が、一気に晴れたような気がした。視界がよくなってみれば、そこに浮き上がってきたものは、血なまぐさい仇討ちだった。

そこでは必ず血が流れ、人が死ななければ収まりはつかない。

勝手にやってちょうだい、と言いたいところだった。

仇討ちなんて今まで、お瑛には遠い世界のこと。ところがそれが多聞のこととなると、話は別なのである。

「でも、肝心な多聞さまはどうお考えなんでしょう。本当に逃げ隠れしていなさるのか。一方的に非難されるけど、多聞さまの方にも、それなりの理由があるんじゃないですか」

「さあて。聞いた話じゃ、相手の鶴田某はめっぽう腕が立つらしいですぜ。ぶっちゃけ、多聞さまは自信がないんじゃないすかね。弁は立っても、腕の方はからっきしてぇのが今日びのお侍でさ」

言われてみれば、お瑛も納得することばかりだ。

あの事件の時も、多聞は刀を抜かなかった。胆が据わっているとか、冷静沈着とかいう褒め言葉はあっても、刀の腕に関しては何の言及もなかったのだ。

「てなことでね、おかみさん、何とか占部さまに連絡をお願いしたいんでさ」

「分かりました」

受け合ってすぐに、ああ、あたしはまた大変なことを背負いこんでしまった、と思ったがもう遅い。

「早く何とかしてくれるよう、これから占部さまに話してみますから」

闇が濃くなるにつれ、風が冷たくなる。

お瑛は掘割まで出たところで、岩蔵親分に礼を言って別れた。

3

その夜の五つ（八時）すぎだった。

「おかみさん……」

蔵の戸締まりを確かめに行ったお民が、茶の間に戻って来て気味悪そうに言った。

裏の通用門から不審な男が中を覗いていたらしい。急いで出てみると、もう姿が見えなかったというのだ。

湯屋《ゆや》に出かける用意をしていたお瑛は、すぐに手燭を持って外に出てみた。

「ほれ、おかみさん、あそこに……」

少し離れて佇《たたず》むひょろりとした影を、お民が目ざとく見つけて囁いた。お瑛は明かりをかざして、驚きの声をあげた。

「まあ、どなたさまかと思ったら多聞さま」

多聞の家には、この夕方、岩蔵親分と別れたその足で訪ねたばかりではないか。あの時、八右衛門の話を聞いた多聞は、分かりました、と冷《さ》めた顔で言ったきりだった。

あまりそっけない応対に、さすがに気がさしたのか。あるいは、何か考えあぐむ難題があってのことだろうか。

「どうぞ中にお入り下さいまし。そんな所にいらしては、夜盗と間違えられますよ」

「いや、今日はいろいろと世話になりました。いま何とかケリをつけてきたんで、その報告に寄っただけで……」

「まあ、そうですか。それはようございました。ちょっといいじゃありませんか、ここは寒いから、中でお話を聞かせて下さいまし」

ひんやりと身に染みる夜気を口実に、中に誘い入れた。多聞は座敷には上がらず、ここでいい、と勝手口の上がり框《かまち》に腰を下ろした。

「では、とうとうあの杉浦さまにお会いになったのですね」

お瑛は手早く茶の支度をしながら、言った。

「いや、じいさまとは会っておらんです」

「ええ？　お会いにならずに済んだのですか？」

「あの御仁と会えば、こんがらかるだけなんでね。甥の直義に会ってきました」

お茶を一口啜ると、やっと多聞はいつもの笑みを見せた。

その時、お瑛は不意に思い当たった。

べったら市のあの露店で、そばに十四、五の若者が立っていたことだ。思えば品のいい美少年で、物売りにしては線が細く、少し毛色が違うと思ったのを記憶している。
あれが占部家嫡男の直義ではないだろうか。
多聞の話によれば、本所塩小路の南部屋を訪ね、祥兵衛《しようべえ》という店の主人に頼んで
あの八右衛門を引き取りに行ってもらったという。
それから直義を茶店に呼び出し、一刻（二時間）ばかりじっくりと話したのだった。
その話とは——。
はるばる江戸まで来て、この自分を探し当てた二人の苦労には頭が下がる。そのお
まえにこんなことは言いたくないのだが、是非はっきりさせておかなければならぬ。
自分には仇討ちに加担する気など全くないのである。
まずこの多聞には、相手を討ち取る自信がない。以前は幾らか剣も遣えたが、ここ
何年かは触れることもなく、刀も腕もすっかり錆びついてしまった。返り討ちに遭《あ》っ
て、命まで失っては、面目ないでは済まされぬ。
自分とて、鶴田に恨みがないではないが、考えてみればもともとは〝喧嘩〟に始ま
ったこと。かれも自己防衛で刀を遣ったのであり、いつまで恨んでも仕方あるまい。
罪は、両成敗しなかった藩にある、鶴田に復讐する筋合いではなかろう。
お家再興成らぬのは残念だが、これまた考えてみれば、わが占部家はそうたいした

家でもないじゃないか。ご先祖は、頼朝公に従って奥州征伐に参加した南部様の足軽だったという。以来、南部様に忠誠を尽くしてきたが、これといってさしたる戦功があったわけでもなく、めんめんと少禄を食《は》んできただけのこと。

まだ若いおまえが、占部家の名に執着するのは、あたら人生を浪費するものだろう。起こったことは運命と諦め、どこかの家に養子に入り、その家を盛りたててこそ、占部の面目をほどこすことになるのではないか。

じいさまにそのことをよく話し、江戸見物をして、雪の来る前に帰りなさい。すべての不面目は、この多聞のせいにすればよい。

「……とまあ、引導を渡してきたようなわけで。じいさまには、別に書状を託してきましたよ」

「まあ、そうだったんですか。それはご苦労さまでございました。でも……」

お瑛には、よく分かる話である。仇討ちというものに思い入れがないし、守るべき家名があるわけでもないからだ。ただしかし、相手が生粋の南部武士であれば、それが通じるかどうか。

「それで、坊ちゃまは納得なされました？」

「さあて」

多聞は苦笑し、その少し疲れた顔を傾げた。

「さすがに口惜し泣きはしてたようだけど。多聞は腰抜けだから予想はついていた……とか言ってましたよ」

「まあ、じゃ、坊ちゃまは納得していないのでは……」

「いや、それがしが引きさえすれば、仇討ちは不可能です。直義は剣術はからきしダメだし、じいさまは立場上、手出しは出来ない」

「でも、あのお方がそれで引き下がりますか」

「あの頑固じいさん、もう六十九ですよ」

多聞は微笑して、お茶のおかわりを所望した。

「それがしは近々に、江戸から消えようと思ってます」

「え？」

お瑛は目を瞠《みは》った。

「消えて、どこへ行かれます？」

「武州の川越《かわごえ》に有名な漢学の先生がおいでになるんでね。教えを乞うて、しばらく勉学に打ち込みたいと」

「まあ、川越ならそう遠くはないし、結構なことで……」

何かしら割り切れない思いを押さえた。

多聞がゆくゆくは武士を捨てる気でいるのを、うすうす察してはいる。だが、今、あの老人と少年を放り出して発ってしまうのは、少し無責任な気がしないでもなかったのだ。

一徹でどこか朴訥な感じのするあの老人が、気の毒だった。

多聞にははた迷惑に違いないが、あの二人だって占部家の命運を背負って、故郷を出て来たのである。多聞に断られたからといって、おめおめ帰れるものだろうか。少なくとも老人と直接《じか》に会って労をねぎらい、言葉を尽くして説得するべきではないのか。

「さっそく今夜にも発ちます。こういうことは、思い立ったら早い方がいいんで」

かれはお瑛の思惑には気づいていないのか、きっぱりと言った。これから家に帰って大家に話し、身支度をして出るつもりだと。部屋はそのままにして行き、年末か年始には戻るつもりでいるという。

「ああ、お瑛さん、それがしを無責任と思ってるんでしょう。しかし〝逃げるにしかず〟という兵法もありますから」

見透《みす》かしたように多聞は言った。

「話の通じる相手じゃないんで、致し方ないのです。だからこそ今まで逃げ続けてきたんだし、これからも逃げまくろうと思う。後を追われても面倒だから、夜発ちして、夜陰にまぎれて荒川を越え、明日には川越に入ってしまおうと……」

重大な決意を語っているのに、かれの青白い顔には、微かな笑みが滲んでいた。

「実はまあ、それを言いに、こんな時間に寄ったんですよ」

それでいいのかもしれない。

じっと多聞の顔を見返すうちに、お瑛はぼんやりそう思い始めていた。確かにここは逃げる方がいいのだろう。この両者を結ぶ糸がこう絡まっていては、永遠に解けそうにない。

無駄な努力はせずに、逃げて逃げて逃げまくる、それがこの多聞という人間には似合っているような気がした。

「お気をつけて行ってきて下さいまし」

多聞を送って外に出ると、星空が美しかった。

別れの挨拶をしてから、お瑛は澄み切った夜空を仰いだ。

「まあ、何てたくさんの星……」

思わず呟いた。

すると一、二歩すでに踏み出していた多聞は足を止め、振り返らずに言った。

「故郷《くに》ではもっと多いですよ。摑めそうなほどにね」

お瑛はぶるりと身震いして、歩み去るかれを見送った。

4

井《い》出重三郎《でじゆうざぶろう》なる武士がお瑛を訪ねてきたのは、その二日後のことである。

お瑛は襷がけで、棚の商品を入れ替えていた。

店頭にヌッと人が立つ気配に振り向き、そこにいた武士があの瓦版を手にしているのを見て、心底ぞっとした。

またですか、と胸のうちで呟いた。もう勘弁して下さいよ、多聞さまはとっくに江戸を逃げ出したんだから。

「ごめん……」

武士はその場に突っ立ち、長い顔をいささか紅潮させて呼ばわった。馬で来たらしく、羽織に藍木綿の馬乗袴、腰に大小を差し、雪駄を履いている。

「率爾《そつじ》ながら、こちらの主《あるじ》と話したい」

「主はあたくしでございます」

「……あんたがお瑛さんか」

想像してきたお瑛とは違っていたのか、意外そうにかれはお瑛をまじまじと見つめた。

「ちと訊きたきことがござる」

外で、と目で合図して、かれは背を向けて外に出て行く。

慌てて襷を外しながら後について外に出たお瑛は、少し離れた馬繋ぎに、一頭の栗毛の馬が繋がれているのを見た。

かれは店頭の天水桶の側で振り返り、いきなり問うてきた。

「用とはほかでもない、占部多聞のことだ。どうやら突然どこかに姿をくらましたようだが、行き先を知っておらぬか」

「え？　いえ……」

もうそんなことを知っているのか、と途惑った。

「この近くに住んでいたことは、知っておるのだ。どこへ行ったか教えてもらえぬか」

「あの……」

お瑛は困惑し、首を振った。

どうやら相手は、多聞の居場所はとうにお調べ済みで、その動静を探っていたらしいのだ。言葉尻に北の訛りが響くことからして、おそらく藩邸の武士だろうと見当をつけた。

馬を飛ばして来たことや、その余裕のない様子から見て、ひどく慌てているように見えた。だが自らを名乗らぬ相手に、どんな些細なことも仄《ほの》めかすわけにはいかないと思う。仇側の密偵ということもあり得るからだ。

「詳しいことはよく存じませんが、江戸を出るようなお話はなさっておられました。でも行き先までは……。大家さんにお訊きになられてはいかがです」

「いや、いま大家に訊いたら、蜻蛉屋に訊けと……」

相手は苦笑ぎみに言った。

「まあ、そうでしたか。お力になれなくて申し訳ございません。お急ぎなんでございますか？」

「ああ、火急の用があって参った、どこへ行けば分かるかのう」

襷を手でもてあそびながら、お瑛は黙って相手を見つめた。その長い顔は朴訥そうで、心底困った様子が滲んでいる。

何となく胸騒ぎがした。

あの老人に何かあったのではないだろうか。

もう少し事情が分かれば、と思う。味方であれば、川越という地名を口にしないでもなかったが、立場の不明な相手にこれ以上踏み込むことは、出来かねた。

相手は何を思ったか、頭を下げた。

「申し遅れたが、それがし井出重三郎と申す者。富嶋では、多聞の朋輩でござった。今は藩邸におるので、もし何か分かった時は、ただちに知らせてもらいたい。ああ、門番には、井出と言ってくれれば分かるようにしておく」

また軽く頭を下げ、大股で馬の方に歩み去った。

その巾広い後姿《うしろ》に、お瑛は声をかけたい衝動に駆られた。この人は敵方ではなさそうだった。事情を問うてもいいのではないか、事情によっては話してもいいのでは。

そう思い迷った。この諦めのいい武士は、以前瓦版のことで一度蜻蛉屋に来たことのある、あの武士ではないかとも思った。

その時、背後から自分を呼ぶお民の声がした。

「おかみさん、お客さまですよ」

馬上の人となった井出重三郎に頭を下げ、去って行くのを見送って、急いで店に戻る。お待たせ致しました……と言うと同時に、上がり框に腰を下ろしていた男が、弾《はじ》かれたように立ち上がった。

「あっ、お瑛さんで？」

お瑛は頷いて、訝《いぶか》しげに相手を見た。小太りの五十がらみで、首にかけた手拭いをしきりに額に這わせている。

「手前、祥兵衛と申します。本所で南部名産を商っております。こちらのことは杉浦さまから伺っておりました」

「ああ、南部屋さん、ええ、お名前は存じ上げております」

急に胸が高鳴った。

「で、杉浦さまが何か？」

「お瑛さん、占部さまに連絡して頂けませんか。黙って部屋を引き払って、どこかへ消えなすったのですよ」

「どこかへ消えたって……占部さまのこと？」

「いえ、杉浦さまですよ」

多聞だけでなく、あの老人もどこかへ消えたということか。

最後まで聞かぬうちに、いま別れたばかりの井出重三郎を呼び戻したくなった。もう少しぐずぐずと引き止めておけばよかったものを、一足掛け違ってしまった。

かれの突然の出現と、祥兵衛の慌てふためいた訪問は、たぶん同じ用件に違いないのだ。

「今日の昼すぎに杉浦さまは、お孫さまを連れて、南部屋《うち》の離れを引き払ったんですわ」

祥兵衛が言うには——。

ことの起こりは二日前の夜、直義から渡された多聞の書状を読んで、杉浦老人が激昂したことに始まる。

「あの腰抜けめが、占部家百年の不作じゃ！」

老人の怒りは凄まじかった。

落涙しながら手紙をびりびりに引き裂き、これから多聞めを成敗してくれる、と刀を摑んで飛び出そうとさえした。止めにかかった祥兵衛と直義とが三つ巴となり、大立ち回りになったのである。

「まあまあ、落ち着きなされ」

祥兵衛がなだめて酒を出した。酒が入って、ようやく老人はわれに返ったのだが、それからがまた大変だった。

「……多聞はもともと性根の据わらぬ傾《かぶ》きもんじゃった。江戸に出て来て、いよいよ軟弱な江戸もんになった」とぼやきまくる。

「あんなたわけ者を頼って出てきて、一年も探し回ったのは、かえすがえすもわしの恥じゃ……。かくなる上は直義、おまえだけが頼りじゃて、おまえ、江戸もんにだけはなっちゃなんねえぞ」

　と泣いたという。

「このまま占部家を絶やしては、頼朝公の昔、南部様に従って当地に討ち入った占部のご先祖さまに面目が立たぬ。今はこの八右衛門、覚悟を決め、皺腹かっさばいて果てる所存じゃ……祥兵衛どの、くれぐれも直義を頼んだぞ」

　泥酔して脈絡もなく大声で喚き、あげくに古木が倒れるようにどうと倒れ込んで、大いびきをかいて昏睡してしまった。

　だが翌朝は何事もなかったように、けろりとしていたのだ。

　さて、どうするべえかの、と直義と冷静に今後を語らっていたため、祥兵衛は、ほっと胸を撫でおろしたという。

　一日たった今朝も、爽やかな顔で朝を迎えた。

　午後になって、二人で江戸見物に出かけるというので、江戸は掏摸《すり》が多いからご油断なく……と笑顔で送り出した。しかし掃除をしに部屋に入った女中が、一通の置き手紙を発見して、大騒ぎになったのである。

そこには八右衛門の、たっぷり墨を含ませた筆で、今後のことがごく簡便にしたためられていた。

〝長らく世話になって感謝にたえない。

自分らは近々に仇討ちに赴くため、気分一新、宿を替えようと思う。ついては部屋の隅に纏《まと》めてある荷物を、富嶋の家まで送って頂きたい。〟

書状はそれだけで、宿代として相当額の金が添えてあった。

「……とまあ、こういった次第なんでして。荷物も路銀も、すべて置いて行きなすったんですよ。ご老体、生きて戻る気なんて全くないんです。むざむざ返り討ちに遭うつもりなんだ」

祥兵衛は顔を歪めて訴えた。

「二人を止めて下さい。占部さまがどこにいなさるか、お瑛さん、ご存知でしょう。どうか頼みます、占部さまに早いとこ知らせてもらえませんか」

話を聞き終えて、お瑛はともかく頷いた。

すぐにも知らせに参りますからご心配なく、と祥兵衛を安心させ、抹茶でねぎらって、帰したのである。

少し考えてから、お瑛は手早く身支度を整え始めた。

「市さん、早駕籠を呼んでおくれ。麻布までね。あたし、ちょっと出かけてくるから、店を頼んだよ」

5

エッサ、オッサ……のかけ声が続く。

お瑛は駕籠の中から、通り過ぎる夕暮れの町をやきもき眺めていた。眺めながら考えた。間に合うだろうか。大抵のお屋敷は、日没閉門である。間に合うだろうか。

遠い道のりだった。

見馴れた町は黄昏《たそが》れて、人がぞろぞろ歩いていた。家路を急ぐ人、これからどこかへ出向く人が、ひとしなみ足を速める時刻である。道端に貼り付くようにして進む巡礼の行列だけが、妙にゆっくりして見えた。

はい、ごめんよ、ごめんよ……と駕籠は人ごみを、巧みに縫っていく。路地から飛び出してきて慌てて立ち止まる子ども。駕籠をすれすれに追い抜いて行く馬。何か獲物を見つけたか、驚くほど低く飛んでいくカラスの群れ。

町は夕もやに包まれ、軒々に行灯がぼうっと灯り始めていた。駕籠は見馴れた町をとうに抜け、麻布の閑静なお屋敷街を走っていた。この辺りは坂の多い台地である。盛岡藩の屋敷がある南部坂を、エッサオッサ……と喘ぎながらのぼった。

そこからほど遠からぬゆるやかな坂沿いで、駕籠は止まった。薄闇の中に、いかめしい表門がそびえていた。

藩邸を訪ねるのは初めてではない。荷を届けたり、奥向きから招かれたりでたまに訪れるが、そのものものしい雰囲気には馴れることが出来ない。

だがためらっている場合ではなかった。

表門はすでに閉門されていたが、塀の外れに緊急時の通用門があった。その門番に、急用だからと、井出重三郎の名を言った。

通用門が開き、門をくぐって、次の玄関でまた井出の名を言う。玄関脇の座敷で待つよう指示を受け、六畳ほどの殺風景な座敷で畏《かしこ》まっていた。ほどなく廊下に威勢のいい足音が響いた。

「やっ、お瑛さん、よう来てくれた」

井出はあの長い顔に軽い笑みを浮かべて、平伏しているお瑛の前にどっかり座った。

「ああ、どうかお気楽に」

「先ほどは失礼つかまつりました。入れ違いに、南部屋祥兵衛という者が訪ねて参りまして……。話を聞いて、あるいは井出さまのご用と同じではないかと思い当たり、駕籠を急がせて参った次第でございます」

「ふむ、それはかたじけない。で、南部屋が何を申しておった」

南部訛りを響かせてかれは言った。

祥兵衛から聞いたことを、お瑛はかいつまんで話した。すると重三郎は頷いて辺りを憚《はばか》るように声を低めた。

「実はあの杉浦老、昨日の午後は、この藩邸におったのだ。鶴田どのに決闘状を叩き付けるためにの」

そのことはじわじわと藩邸に広まり、今日になって重三郎の耳に入ったのである。

重三郎は、江戸では多聞と会ったことはない。

だが実のところ、多聞の動きはすべて摑んでいた。八右衛門が仇討ちを願い出て許可されたのは去年だが、その時から藩は密偵を放ってその動向を探っていたのである。

多聞は日本橋で小さな手習い塾を開いていること、仇討ちには全く消極的で、逃げまくっていたこと。八右衛門が直義を連れて江戸入りし、南部屋の離れに投宿していること。

つい二日前、多聞が断り状を杉浦老に突き付けたことまで、すべて摑んでいた。杉浦老の落胆、多聞の弱腰、直義の無能ぶり……。そのことが一目瞭然となり、仇討ちの続行は不可能と藩は踏んでいた。

ところがその直後、鶴田に果たし状が舞い込んだのである。

これに鶴田側はほくそ笑み、余裕綽《しゃく》々《しゃく》で〝諾〟の返事を出したという。

「気を揉んでおるのは、われわれですよ」

頼みの多聞が身を引いてしまった仇討ちである。多聞抜きでやる気であれば、ご老体自ら、助っ人になる気ではないのか。

「万一そうだったら、えらいことだ」

屋敷の気配を確かめるように、かれは口を噤《つぐ》む。

「仇の鶴田どのは、有名な剣の遣い手なのだ。その上に、仇討ちに備えてますます腕を磨いておいでだ。子飼いの用心棒も大勢いる。おそらく多聞はそのことを知っていたのだろう」

「…………」

「しかし杉浦どのが立ったとあっても多聞はなお逃げる気なのか、直接会って確かめなければ、と急ぎお宅へ出向いた次第なのだが……」

「多聞さまは、今は川越でございます」

「えっ、川越?」

かれの長い顔がさらに長くなった。

「川越のどこなんです」

お瑛は首を振った。

「それ以上は、本当に存じません。ただ、川越においでになる高名な漢学の先生を訪ねるとか……」

「川越の高名な漢学の先生」

かれは鸚鵡《おうむ》返しに言い、少し考えてから、ちょっと失礼、と立ち上がって部屋を出て行った。お瑛は一人、静寂の中にいた。ここは母屋とは離れているらしく、とっぷりと闇に包まれた庭も廊下も静かだった。

しばらくして戻ってきた重三郎は、手に茶の盆を持っていた。盆には湯の入った急須と茶碗二つが載っている。

「無骨だが、藩邸は女手が足りんのです」

かれは給仕しながら弁解するように言った。

「さてと、その漢学者の住居は、奥で訊いて相分かった。しかしながら……これからすぐ早飛脚を出すとしても、明日の決闘に間に合うかどうか」

「えっ、明日なのですか？」

「そうだ。気が乗っているうちにと、ご老体も早い解決を望んでおるのだろう」

「でも、明日なんて早すぎます」

お瑛は悲鳴のように言った。あまりの急展開である。

「仮に間に合っても、多聞さまは、果たし合いは拒否なさるんじゃないでしょうか。それより杉浦さまを探し当て、何とか止めさせる方が早いのでは……」

「むろん密偵が、旅籠を捜しまわってはいる。しかしあの御仁、説得すれば聞くと思うか」

静かに茶を啜って、案じ顔で言う。

「……でも、何としても止めさせなければなりません」

「いや、お瑛さん、それは違う」

かれは口を噤み、腕を組んで耳を澄ませた。遠くでガタガタと何かを動かす音がし、庭で犬が吠えていた。

「死ぬ気でいる者に、なまじな説得などしょせん馬の耳に念仏。それにあの仁、見かけによらぬ狸でな、企みはもっと深いところにある」

「と仰《おつしゃ》ると？」

「出来る限り華々しく返り討ちに遭うのが、あのご老人の目的なのだ。老骨に笞《むち》打って助っ人として討って出て、天晴れ敵の刀で討たれるつもりなのだ」

血に染まったかれの懐には、おそらくお家再興を訴える訴状が入っており、世間の涙をそそるだろう。

「たぶんお孫どのは斬られまい。もちろん仇討ちは失敗だが、この美少年に世間の同情が集まるのは、まず間違いなかろう。お上もこれに心動かし、情状酌量のご沙汰……。とまあ、ご老体の狙いはそこにあると思うが、いかがかな」

「そううまくいきますかどうか……」

お瑛は半信半疑だった。果たしてそう期待どおりに、殿様が直義に心動かされるだろうか。

「お瑛さんには、この裏は読めないかな。あのじいさまはお孫どのを衆目に晒《さら》し、殿の関心を引こうとしておるのだよ……。殿は衆道《しゅどう》のお方だから」

衆道、そうか、殿様は若衆好みだったか、と思う。なよなよして美しかった直義の白い顔が、今さらに目に浮かんだ。

なるほどとお瑛は納得した。八右衛門は孫の美貌を武器にし、己が命を投げうってこの急場をしのごうとしているのだ。

「お瑛さん、御物あがりってご存知か」

「ゴモツあがり……？」

かれは頷いて、辺りを憚《はばか》るような低い声で説明する。

幼少から殿様の寝所に侍り、その寵愛を受けて出世した者を〝御物あがり〟というのだと。

「その典型があの鶴田どのなんだ。寵童として夜伽をし、殿の気に入られてあそこまで出世した。占部どのの兄上もそうだった……。あの二人の喧嘩が、衆道を巡る色恋のいざこざだったことを、誰より多聞はよく知っていたのだろう」

だからかれは仇討ちから逃げたかったのか。

「いや、もちろん御物あがりは結構なんだがね、あの鶴田どのは寵愛を嵩《かさ》に着て、専横が目に余って困っている。この仇討ちを許可したのが、本当に殿様の御意だと思うか。これは鶴田どのを、何とか占部一族に討ってもらいたいと願う、ご重役たちの評定で決まったのだ」

「はあ……」

「この仇討ちは、手順どおりきっちり決行した方がいいと、それがしも願っておる。仇討ちにこと寄せて、鶴田どのを……」

音をたてて茶を啜り、その声はさらにいっそう低くなる。

「たぶんこの藩邸にいる者は皆、そう願っておろう。ご老人に、あの瓦版を見せたのも、実はその一人と聞いておる」

「…………」

「お瑛さんはそう思わんですか。ご老体の決死の策謀をやめさせ、何としても多聞どのに助っ人になってほしいと」

「それはあたくしもそう思いますが……」

お瑛は大きく頷きながらも、別れを告げに来た多聞の、静かだが断固とした決意を思い起こしていた。あのお方はそういう政治めいたことがお嫌いなのだ。

「けれど多聞さまを呼び戻すのは難しいでしょう」

「ああ、ちょっと失礼」

重三郎はここでまた中座した。

6

現れた時は、手に巻き紙と墨、硯《すずり》、筆を抱えていた。

「ともかく一か八かでやってみぬか。お瑛さんは、お堂に立て籠った乱心者を、あの多聞を使って説得させたお人だ。その時、どう多聞を焚き付けたのか。今度もそれを再現してみてくれぬか」

「ですが……」

「いや、それ以上は聞かぬぞ。一般的にいっても仇討ちの成功例は、著しく少ないのは確かだ。いかに美名であれ、人を殺《あや》めることだ。なかなか天が味方せんのだろう。いやしくもその行為を、納得の上でし遂《おお》せるには、細心の努力と、天佑があってこそ。それがしも文を書く。だからお瑛さんも一筆したためてくれぬか」

重三郎は両手をつかんばかりに言葉を重ねた。

「鶴田どのの横暴が藩を滅ぼすことを知れば、多聞も少しは考えを変えるかもしれぬ。だが心を動かすのは、お瑛さんの文だ」

……ということになったのだ。

お瑛はそのまま、その部屋で、急ぎ一筆したためることになった。

重三郎も何か書いていた。

二通の手紙は、かれの手で密かに早飛脚に託され、すぐに川越に向かったのである。

今夜中に川越の学者宅に着くのは間違いないが、しかし多聞の手に届くのは、いつのことになるか。無事届いたとして、多聞は果たしてどう判断するか。

そして仮に、助っ人になろうとかれが決心したところで、正午の果たし合いに間に合うかどうか。

すべてが危うい綱渡りだった。

だが……とお瑛は、帰りの駕籠の中で思った。

あの沈着冷静な多聞さまのことだ、今度もきっといい道を選んでくれるだろう。運を天に、そして多聞さまに任せよう。

駕籠を下りた時、お瑛は降るような星空をしばし仰いで、多聞の強運を祈った。

翌日は素晴らしい秋晴れだった。

もう金木犀の香りはないが、晴天続きで乾いた大気にサラサラした太陽の光が満ちて、樹木の乾燥する匂いがたちこめている。

決闘の場は向島で、大川端の竹屋の渡である。

お瑛はまんじりともしないまま早く起き、正午前にはその場に着いていた。

現場は、大川と土手に挟まれた河川敷だった。低い草が一面に生え、丈の低い潅木の茂みと、松の林があちらこちらに点在している。

その松の木の辺りに、紅白の幔幕《まんまく》が張り巡らされ、数人の人群れが見えていた。藩邸から駆けつけて来た見届け人や、鶴田の応援部隊だろう。その中に井出重三郎もいるはずだったが、今は姿が確認できない。

また潅木の茂みのそばに、あの杉浦老と直義が、寄り添うように立っている。こちらには見物人も、応援の人々もいない。

お瑛は恐ろしくて近くには寄らず、かなり離れた場所に立って眺めていた。それでも仙台平の袴に羽織で威儀を正し、家紋を染め出した鉢巻きを締めた二人が、緊張しきっているのが分かる。

土手には曼珠沙華が咲いていた。杉浦老はあの日、ここに下見に来たのではないかと、今にして思い当たる。かれは早い時期から、今日のことを覚悟していたのかもしれない。

一方の松の木のそばに佇む、ひときわ目立つ長身の男が、鶴田京之助だろう。遠目にも、色白で眦《まなじり》のきりりとした、なかなか見栄えのいい武士である。

袴の股《もも》立《だ》ちを取り、鉢巻きを締めたかれは、仁王立ちで袖に襷をかけ終えて、静かに川を眺めている。

お瑛はいらいらして、土手の方ばかり見上げていた。

多聞はやはり間に合わないのだろうか。

重三郎の話では、意外にもかれは若いうちから道場の代稽古をするほどの腕だったという。繊細かつ大胆な遣い手で、右に出る者はいなかった。あれから腕が鈍ったというが、鶴田とは互角で戦うのではないか、と重三郎は予測していた。

太陽が中天に昇ると、やおら老人と孫は羽織を脱ぎ捨て、袴の股立ちを取って、河川敷に溜まる光の中へ進み出た。

直義は真っ青な美顔を引きつらせ、何か叫んだが、声が上ずっていてよく聞こえない。

続いて杉浦八右衛門が進み出たが、かれはずんぐりした体軀に、七尺の薙刀《なぎなた》を抱えている。顔を真っ赤に上気させ、大声で名乗りをあげたが、緊張のあまり声が掠れ、こちらも何を言っているのかよく分からなかった。われはァ……占部家の面目にかけてェ……と断片的な単語が耳に飛び込むだけだ。

鶴田は何も言わず、軽く一礼してゆっくり刀を抜いた。遠くから見ていても、小憎らしいほど余裕綽々である。

直義が正眼に刀を構え、短い睨み合いの後、トヤッと上段から踏み込んでいく。鶴田は軽く身を退《ひ》きざま、ふりかぶった直義の刀を思い切り撥《は》ね上げた。チャリーンと音をたて、刀はあまりにあっけなく中空に飛んだ。それは秋の日をはね返しながら、きらきらと美しい孤を描いて落下していく。

つんのめって転びかけた直義を庇《かば》うようにして、八右衛門が乗り出してくる。かれが昔、天道流薙刀の遣い手で聞こえていた存在とは、昨日、井出から聞いたばかりだった。さすがに馴れた様子で、腰低く構える姿勢は、下から突かれるような、嫌な威圧感を相手に与えるのだろう。

鶴田もまた下段に刀を構えていた。

杉浦老が、キエッと裂帛《れっぱく》の気合いで突き込んでいく。鶴田はそれを難なく撥ね返した。二度三度と中空で切り結ぶ鋭い金属音に、お瑛は思わず目を瞑《つむ》っていた。

目を開いた時は、二人は互いに離れて、再び睨み合っている。

お瑛は額や手や脇の下に、じっとり汗が滲むのを感じた。目は土手に向かう。多聞さまはどうしたのだろう。

薙刀の切っ先は、鶴田の鉢巻きを切るところまで肉薄していた。

鶴田は素早く飛び退《の》いて、一閃、太刀を振り下ろし、豪腕にも薙刀をまっぷたつにした。老人は勢い余ってもんどりうって草地に転げ、そこへ鶴田が斬り込んで行く。八右衛門はその刀を、とっさに脇差しで受ける。ガキッと鈍い音がした、続いて振り下ろされた刀が老人の肩を斬ったようだ。

叫び声をあげつつも老人は最後の意地を見せ、立ち上がろうとする。鶴田はここで仕留めようとばかり、太刀を振り上げた。

その時――。

遠くで馬の蹄《ひづめ》の音が聞こえたような気がした。お瑛ははっと土手を見上げた。馬が疾走して来る。彼方から埃を巻き上げて、みるみる馬は近づいて来た。

おお、という声が松林の幔幕の辺りにあがり、どよめいた。

男が一人、土手を一散に駆け下りてくる。

間違いなく多聞だった。細身の身体に襷がけ、鉢巻きを締め、馬乗袴に草鞋《わらじ》がけで、すでに刀を抜いていた。

その姿が見え始めると、間髪を入れずに鶴田はそちらに向かって駆け出していた。

安閑と待つことなく、自ら斜面の足場のいい辺りに出迎えて、積極的に相手を討とうというのだろう。

馬で乗り付けたばかりの相手に、空気を摑む余裕を与えず、混乱のうちに一気に叩き斬ろうという作戦らしい。

その展開の早さに、お瑛は生唾を呑んだ。

一方の多聞も、ひどく身ごなしが軽かった。どどっと斜面を転がりながらも鶴田の太刀を受けて返した。なおも容赦なく斬りかかってくるのを、一太刀ずつ態勢を整えながら、斬り結ぶ。チャリンチャリンと嫌な音が続き、鶴田の太刀が飛んだ。

二人はもつれるように斜面を転がった。鶴田は脇差しを振り回しながら多聞を威嚇し、喘ぐように斜面を駆け上る。

それを追って、多聞もまた斜面を這い上がった。太刀を振り上げて土手を走るその姿は、不意に視界から消えた。

静寂が訪れた。一面に咲く曼珠沙華の花に、穏やかな秋の日が降り注ぐ。

土手の向こうでは、組み打ちになって死闘が演じられているのだろう。

ウワアッ……と、どちらともつかず絶叫が響いたのは、土手の下まで見物衆が駆け寄った時である。

曼珠沙華の花の向こうに血しぶきが上がった。いや、真っ赤な花の揺らぎが、血のように見えたのかもしれない。

凍りついて息を呑む人々の前に、血刀を下げて現れたのは鶴田だった。だがかれはそこで力尽き、土手を転がり落ちて静かになった。

皆が土手を駆け上ると、そこには誰の姿も見当たらなかった。

多聞は、咲き乱れる曼珠沙華の花群れの中に埋もれ、仰向けになって空を見上げていたのである。


それから十日後の未明、日本橋の北詰めに人が集まっていた。

この朝、多聞が二人を送って、南部に向かうのである。見送りはお瑛の他に、重三郎ら藩士が数人と、南部屋の主人がいた。

八右衛門はまだ腕を白い布で吊っていたが、もうすっかり元気を取り戻している。

「多聞さま、もう江戸には来られないのですか」

お瑛は餞別の握り飯を渡してから、訊いた。

「いや、冗談じゃない、お瑛さん、それがしはこの二人を無事に送り届けるだけでね。すぐに帰ってきます」

多聞は手を振って言った。

「わしゃ、これしきの傷で、年寄り扱いされたくねえでがんすよ。直義を連れて、わしらだけでゆっくり帰ると言うたんだがの。多聞はもう江戸もんじゃて、江戸に残るがええと……」

八右衛門が苦笑して言った。

「……いろいろ後始末もあろうけど、来年の、そう、遅くとも曼珠沙華の咲く頃には」

多聞は軽く言って、飄々《ひょうひょう》と笑った。

名残惜しそうに挨拶して、三人は発っていった。藩士らはさらに馬で、途中まで送るという。

この一行を見送りながら、お瑛は胸の底で思わずにはいられなかった。多聞さまは本当に帰って来なさるだろうかと。

お家の再興やら、何やかやと後始末に追われて、とてもすぐには帰れまい。それに、あれだけ沈着《あいまみ》で腹の据《す》わった人材を、藩があっさり手放すだろうか。

多聞と再び相見えるのは、もしかしてずっと後年になるかもしれないとも思う。かれが藩の重職に就《つ》いて江戸勤番になった時かも。

あの気鬱な江戸屋敷で、上下《かみしも》を着て自分を迎える多聞を想像してみる。いえいえ、その時はもうあたしなんかのことは忘れてるでしょ……。だがふっと目の奥に、咲き乱れる曼珠沙華の花群《はなむ》れが広がった。

空が白み始めていた。

第三話　萩花《はぎ》の寝床《ねどこ》

1

〝……ちょっと想像してみてください。

萩の咲き乱れる茫々たる原に、置き去りにされた童《わらべ》。

誰が何を問うても、何ひとつ答えられず、ただただ泣きじゃくるばかりの迷子、腹を空かせた餓鬼《がき》。

声も発せず、何も覚えておらず、群生する萩の茂みの下にもぐり込んで泣いていた四つ五つの幼な子。

土地の人々は噂したそうです。おそらくこの子は〈神隠し〉に遭って連れて来られ、何かの事情で萩の原に迷い込んだのだろうと。

夜の平原を一人さまよう恐怖に、記憶も言葉も失せ果てたのではなかろうかと。

わが名も言えず、弥平《やへい》という者に救われたから弥平次《やへいじ》と呼ばれるようになった、哀れな名無しの子。

萩に守られて生き延び、萩に育てられた親無し子。

それがこの私でした。

鬼の子といわれて私は育ちました。

私がなぜ萩染めを手がけるようになったかは、それでお分かりでしょう。私は親知らずの鬼っ子だから、一面に咲き乱れる萩の花に、一種の恋慕に近い気持ちを抱いていたのです。〟

那須から弥平次の返事が届いた時、お瑛はその部分を何度も繰り返して読んだ。

ちなみに、手紙の前半はこうである。

〝お瑛さま
今年もまた萩染めのご注文を頂き、幸甚に存じます。
江戸の秋とは、いかがなものでしょうか。

四年前、初めて蜻蛉屋を訪ねた時に見た、あの活気溢れる日本橋の情景ばかりが、私の瞼に焼き付いておるのですが。

今年こそは、この那須の山奥から反物を担いで江戸に出向き、再びあの橋を渡りたい、そう願って精進して参りました。

ところがどうしたことか、夏頃から故《ゆえ》もない気鬱にとらわれ、床に臥せりがちな日々を過ごすようになってしまって……。

秋の空は無心に晴れ渡り、太陽がきらきらと降り注ぐ季節というのに、染め師が家に引きこもっていちゃあ、ザマはありません。そうでしょう。

こんな日、山の萩は濃い紅色の花を、満開に咲かせておることだろう。すぐにも籠を背負って萩刈りに行かなければ、と気はせくのですが。

盛りの時に刈った花こそが、布を最も美しく染め上げるのだから。

しかし今の私は江戸に行くどころか、果たして萩を刈りに行けるかどうか、それさえ危うい状態です。ただやきもきし、焦り、わが身を呪う昨今なのです。

こんな日は誰か親しい人と、心静かに語らって過ごしたい。

けれどもこの山家の一人暮らしでは、そんな相手もままならない。

つらつら考えていた矢先、はるか遠い日本橋のお瑛さんから、注文の手紙が届いた次第です。

ああ、お瑛さんがいる。こんな時こそあの人に手紙を書いてみようか……。ふとそんな気になって、久方ぶりに筆を取りました。

覚えておいでですか、お瑛さん、いつか私に訊きなさったのを。どうして、萩染めにこだわっているのかと。

その時、私はこう答えたと思います。

「近くの山の斜面に、いっぱい萩が咲いてるので……」

もちろんそれは嘘ではない。

わが家にほど近い山の斜面には、鬱蒼と萩が生い茂っています。吹き渡る風にいっせいになびき、季節には薄紅色の濃いしっかりした花を咲かせます。それがいい染め色を出すのですよ。

ええ、染めに使うのは、この斜面の花でなければならない。陽の光をふんだんに吸い取り、吹き過ぎる風に、揺りかごのように枝をゆさゆさと揺さぶられて逞《たくま》しく成長した、この南斜面の萩でなければならないのです。

ただし、それだけではありません。

私には、萩の花に生死を託した特異な過去があるのです。

今まで誰かに語りたくて語れなかったこと。語る相手もいないまま胸にしまい込んで三十半ばまで来てしまいました。そのことを今にして、語ってみたくなりました。〃

その後に、上記の文章が書かれていたのである。

お瑛は手紙を手にして、思い出していた。

そう、あれはもう四年も前のことになるだろうか、大きな荷を背負った男が、暮色迫る蜻蛉屋の店頭に立ったのは。

もう暮れも押し迫った、寒い日の夕刻だった。

「あのう、下野《しもつけ》から来た弥平次と申す者ですが、反物を見てもらえませんか。自分が染めた萩染めです」

おずおずと、かれは言った。

三十前後に見えるがっしりした身体つきで、いかにも野育ちらしく顔は真っ黒に日焼けしていた。

旅装束は埃じみていたし、顔には疲れや焦燥が濃く滲んで、煤《すす》けて見えていた。だがその顔立ちはどこか端正で、内気そうに伏せがちな目には、卑《いや》しさは少しも感じられない。

そのどこか必死な様子に、お瑛はふと心動かされたのである。自分にも、商品を売りたくて、店の前を通る人に必死で声をかけていた時があるのだった。

「下野のどこです、下野といっても広いでしょう」

お瑛は微笑んで、相手を招《しょう》じ入れながら言った。

不器用そうだが懸命な言い方にほだされ、この弥平次と名乗る者に、染め布を見せてもらおうと思ったのである。

「ああ、下野は那須《なす》で……。はい、那須高原に近い里山でして、那須岳や茶臼岳が見えて、それはいい所ですよ」

広げられた反物を見て、お瑛はその美しさに見とれた。

ふつう萩を染めの原料にすると、布は白に近い淡黄色か、薄茶色に染まる。柔らかい印象はあるが、そう飛びつくほど美しいものではないのだ。

ところがこれは萩の花の色にほぼ近く、淡い紅色で、少しくすんでいるのがいい味を出している。

「これ、本当に萩で染めたんですか？」

お瑛は半信半疑で問うてみた。

するとかれは、ここぞとばかり目を輝かせ、新しい触媒を工夫して、紅色に染める方法を発見したのだと言った。

「まあ、そうですか。こんな色だったら、どこでも引っぱりだこでしょうに」

「いや、それが……」

かれは少し不貞腐《ふてくさ》れた顔で溜め息をついた。この四日間、日本橋の呉服屋を何軒回ったことか。朝から晩までくまなく歩き回っても、どこにも売れなかったと。

「もうこの蜻蛉屋が最後……と思って入ったんですよ」

「まあ、どうしてでしょう」

「たぶん萩染めとは、誰も信じないんですね。インチキを摑まされるのを、怖れてるんじゃないですか、何日かしたらみるみる色が褪《あ》せたなんてね……」

ふーん、とお瑛は思い当たった。

確かに、品物を買い取って店に置くのは、冒険なのである。こうして持ち込まれる反物の、半分くらいは使い物にならない。売れても、色がすぐ落ちてしまったりすると、返品だ、お詫びだと尾を引いて、大損害をこうむることになる。

信頼すべき筋の紹介がなければ、商人はそう簡単に飛びつきはしない。だがこの萩染めが気に入ったお瑛は、すべて買い取ることにした。弥平次を信じたのである。番頭の市兵衛は顔をしかめるところだが、この色なら若い娘に売れると思った。

かれは深々と頭を下げた。

「有り難うございます」

「うちは若いお嬢さまが多いから、きっと売れますよ。その時は手紙を出しますから、また来年頼みます」

お瑛は請け合って、お茶を呑みながら、暖簾をしまう直前のひととき、しばし四方《よ も》山《や ま》話に興じた。最後になってお瑛が訊いたのが、手紙にあったとおりである。

「でも萩染めで、こんな色を出すほど工夫するなんて珍しいですね。どうして、そんなに萩にこだわるんですか？」

かれはうつむいたまま微笑し、さりげなく答えた。

「近くに萩の群生する原がありますんでね。特に南斜面に咲く萩は、色が濃くて、なかなかいいんです……」

そして、買い取った反物はたちまち売り切れたのである。恐れていたような苦情もなかった。

お瑛は約束どおりすぐに手紙を出した。二年めも三年めも、かれの萩染めは人気があって、夏前にはもう注文がくるほどだった。

今や、かれの萩染めは弥平次染めなどともいわれ、蜻蛉屋でも、一、二の人気染め師になっているのである。

その夜、お瑛は筆を取って短い見舞い状をしたため、末尾にこう書き添えた。

〝……どうぞ寝る前に念じて下さい。大丈夫、明日はきっと起きられる、萩が待っているからと。

でももしかして、もう一日寝て過ごすことになったら、このお瑛にまた手紙を書いて下さい。もう一つだけ、ぜひ教えて頂きたいことがあります。

萩の原をさまよった時の記憶は、もう取り戻したのですか……〟

2

〝拝復

見舞い状、嬉しく拝見しました。

お瑛さんの手紙はいつも、江戸の匂いを運んでくれます。

萩の咲いているうちに何とか……、秋晴れの続くうちに何とか……。

そう焦るばかりで床から出られない毎日が続いています。これからは、明日は起きられると念じて、眠ることにしましょう。

ところで、萩の原をさまよった夜について、どんな記憶が残っているのか、とのご質問でしたね。

今回はそのことについて書いてみます。

そうです、助けられた時は、何ひとつ、記憶は残っていなかったのです。自分がどこの誰なのか、名前は何というか、両親はどんな人だったか、何ひとつ覚えていませんでした。

ただ、頭上から覆いかぶさる萩の茂みの、ザワザワと揺れる恐ろしい音だけが、耳に鮮やかに残っているだけで。

今でもあの音を思い出すたび、何かしら、途方もない闇の中に自分はいたんだ、というように思えてなりません。自分の中に暗黒の秘境があるような、そんな気がするのです。

私を見つけてくれたのは、弥平という人でした。

弥平の生業《なりわい》は、草木の液を使って白木綿を染め上げる染め師。

「染めは祈りである」

そう口癖のように言う人でした。生地がどんな具合に染まるかは、天の思《おぼ》し召しなのだという意味でしょう。染め液に布を預けてからは祈るしかありません。

毎朝、早く起きて寺の掃除をしていたのも、そんな信心の気持ちの表れだったでしょう。かれはその朝、萩の咲き乱れる近くの古刹《こさつ》で庭掃除をしていて、異様な童を発見したのです。

寺の敷地内に迷い込んだその子は、大人の丈より高く生い茂った萩の茂みにしゃがんで、手を握りしめ、声もたてずに泣いていたそうです。すぐに住職や若い坊さまも出て来て、いろいろ話しかけたが、何を訊いても答えない。

集まった人たちは、いろいろ言い合ったそうです。

身元を示す物は何も身につけていなかったから、どこの誰とも分からない。親が目を離した隙に迷子になったか、さらわれて来て逃げ出したか、あるいは何かの事情で捨てられたか……。

皆、この子が、この寺の敷地へ迷い込んだことを、強運と喜んだそうです。もしも進む方角が違っていたら。もし茫々と広がる那須野が原へ迷い込んでしまったら……。

この辺りの地形は、一歩間違えば、大人でも到底生きては帰れない恐ろしいものでした。那須高原の奥には百以上もの山々が連なっている。そこには火山あり、湿地帯あり、原生林あり、川あり、沼ありの広大な山岳地帯なのだから。

この子はその点、運に恵まれていたというべきでしょう。

色白の可愛い童で、右手の甲に火傷《やけど》の跡があって、身なりは貧しくはなかった。前頭中央を丸く剃るかっしきという髪型から、年は四、五歳、と判断されたようです。

幸い住職は親切な人で、以上のことを手がかりにあちらこちら手を尽くし、〈神隠し〉にあった子がいないか、探してくれました。

だが、少なくとも寺の檀家には、そんな家は見つからなかったのです。住職はとりあえず私を寺に置いてくれました。おかげで、宿無しの浮浪児にもならず、字を教わることも出来たのです。

覚えが早く、すぐ写経も出来たので、皆が驚いたほどでした。

ただ、ずっと言葉を発しなかった。

読み書きは出来るのに、話しかけられても返事をしなかったから、〈鬼の子〉と陰口をきかれたのです。

叱られたり、嫌なことがあったりすれば、決まって萩の茂みにもぐり込んで、しばらく出て来なかったという。

私には、生い茂るその茂みの記憶は、まだ残っています。萩の懐はほの暗く、ほの暖かく、ざわざわ揺れて少し恐ろしいようでした。母の懐とはこんなものかしら……と子ども心に思ったのを、今でも覚えています。

鬼の子にとっては、萩が、母のような存在だったかもしれません。

ところで弥平は、寺の近くに住んで染織の仕事をしていた。

私が草木染めに興味を示したのは、そのおかげです。よく入り浸《びた》っていたので、いつしかその家の子となり、手伝い始めたのです。

かれの仕事は、山を歩き回ることから始まります。どこの尾根の南斜面にはどんな木が、どの谷の東斜面には何の花が……と、染めの原料となる草木の群生地を、そしてその開花の時期を手に取るように知っていました。毎年盛りの季節にそこに行き、刈り取ってくるのです。

その山歩きに私は、よく連れて行ってもらいました。

弥平には、妻と二人の子ども……私より一つ二つ年下の二人の男の子がいて、よく可愛がっていたようです。

その様を見るにつけ、自分を生んでくれたのはどんな人なのか、……と子ども心に考えざるを得ませんでした。

私は本当に鬼が生んだ子なのか、いやいや、母親はどこかにおいでになる。今、どこに、どんな思いで、どうしておられるか。

矢も盾もたまらなくなると、萩の原を駆け回った。この原のどこかに、母なる人がいるような気がした。花が咲く季節には、特にそう感じられたものです。

養父になってくれた弥平は、萩染めにはあまり関心を示さなかった。それなのに私が独自に萩染めを始めたのは、母を恋うる気持ちからだったとしか言いようがありません。

この花を山ほど刈り取り、ぐつぐつ煮出したら、そこに母なるものが現出するのではないか。その液の色、その匂い、染めの色、それが母なるものではないのか……と。

どうかお笑い下さい。

すべて心淋しい母無し子の幻想に始まるのです。萩の花に幻惑され、それを刈って、煮出さずにはいられなかったのです。

だからでしょうか。萩の染め上げる色が、白に近い淡黄色であることが、私にはなんとも不満だった。もっと濃く、もっと暖かい色でなければならない、と。

そんなわけで、私はいろいろな触媒にこだわり、次々と試してみて、花びらに近い色を発色させようと、努力してきたのです。

これで少しなりとも分かって頂けましたか。〟

その手紙を何度も読み返して、お瑛は我が身のことを思った。

仕事にかまけついぞ忘れていたが、久しぶりに思い出された。子どもの頃から、両親がいないで育った弥平次の悲しみが、わがこととして胸に迫ったのである。

あたしの場合、遠い幼時を染めた色は〝涙色〟かしらと。

生まれて間もなくに母が病没し、五歳の頃に父に置き去りにされた。そこは那須の萩の原ではなく、この日本橋だったけれど。

父は、この蜻蛉屋の土地に建っていた美濃屋という骨董店の主にお瑛を託し、行方をくらましてしまったのだ。事情を知る養父、すなわち美濃屋の主はすでに亡く、養母のお豊は今は病床にある。

父に会いたくて、密かに探しに出た日もあったっけ。父と二人で渡ってきた十六夜橋まで行き、その向こうに連なる屋根の甍《いらか》を、いつまでも眺めていたこともある。あの連なる甍のどこかに父がいるような気がした。

橋の袂の地蔵様に、いつも水と花を手向けるのも、いつか父が橋を渡って迎えに来るような気がするからなのだ。

お瑛はその夜、返事を書いた。

弥平次染めの由来、よく分かりました……と。

〝でも神隠しに遭ったのは、あなたさまばかりではありませんよ。この日本橋で置き去りにされたあたしも、鬼の子。涙色という染め色を、いつも身につけていました。あたしにとっての萩の原は、この日本橋かもしれません……〟

3

〝拝復
涙色……そうだったのですか。

何一つ不幸がないように見える幸せそうなお瑛さんにも、そんな色のする時代があったとは。

存外の驚きです。ウダウダと愚痴めいた身の上話を並べたて、恥ずかしい限りです。

さぞや退屈なさったかと案じておりましたが、それを知って意を強くしました。

ならば……。

というわけでもありませんが、もう少しよしなしごとを書きたくなりました。話はそれで終わったわけではない。もう少し……あと一回だけ読んで頂けたら幸いです。

というのも実は、或る年のこと、母についての手がかりが得られそうな出来事が、この身に起こったのです。

そう、あれは、十二か三の頃だったと記憶します。

その夏、私と義弟は養父に連れられて、山を下り、那珂《なか》川を下って大田原宿まで、反物の行商に出かけたのでした。

この宿場町にはお盆の頃になると賑やかに市が立つ。そこに露店を出し、反物を並べて売るのです。

山育ちの子らは、こうして町に出るのが、それはそれは楽しみだった。市には近郊からさまざまな名産が運ばれて並びます。見物のためいろいろな人が通るし、見たこともない見世物小屋がかかる。口にしたこともない珍しい物を食べられる。

一度にたくさんのことを見聞しておけば、山に帰ってからそれを思い出して、長い冬を退屈しないで過ごせる……。

その大田原宿の市の立ち並ぶ中に、布を敷き、四方を石で押さえて座っている一人の老女がいたのです。

いや、老女かどうか。年の頃はよく分からないのだが、小柄で、髪が白く、白粉《おしろい》をつけているせいか肌も真っ白。どこか品のいい、小ぎれいな女性でした。

その商売道具は、筆と墨だけ。つまり墨を磨《す》って、筆を手にして座っていて、客から差し出された紙に、言われたとおりの字をサラサラと書くのを生業《なりわい》としていた。

手紙や、封書の宛名、進物の熨斗《のし》の上書きなどで、まあ、代筆屋とでもいうのですか。

驚くのはその字が見事だったこと。なかなかの達筆の上に、サラサラと筆を運ばせる手つきが何とも優雅なのです。粗末な着物を纏《まと》い、どこか垢じみていても、昔はしかるべき立場にあったことを窺わせます。

見物人は、その貧しい老女の姿に、そんな格式あるお屋敷の奥で筆を使う雅びな女人の姿を想像するのでしょうか。その前にはいつも人だかりがして、それなりに繁盛していた。

私も毎日、見物人の前にしゃがんで、見ていました。

すると養父が、何かの上書きをする必要が生じて、あのばあさんに書いてもらえ、と紙と小銭を渡してくれたのです。

弟と私は喜んで、さっそく老女のそばに陣取った。

口をきかない私は紙を差し出し、弟が注文を言ったのです。その時、相手は何やらハッとしたようだったが、無言でサラサラと書いてくれました。

紙を受け取るために、再び差し出した私の腕を、老女はむずと摑まえたのです。その思いがけない力に、驚かされました。

「これはどうしなすった？」

相手はそう口走った。

目を釘付けにしているのは、私の右手の甲にある、大きな火傷《やけど》の痕でした。やがて目を上げ、私の顔をまじまじと覗き込んだ。その目はもの問いたげに大きく見開かれ、何やら深刻な色がたちこめているのを、私は見てとったのです。

いま思えば、それは恐怖と驚愕の色だったでしょう。

「これは幾つの時の火傷だね？」

繰り返し、相手はそう問いかけた。

その時、さすがに鈍い私もハッと思い当たったのです。私が私である手がかりは、この火傷の痕しかないのだと。顔は年とともに変わっていくし、身元を示す書類や品物があるわけでもない。

とっさに私は、そばにあった筆を握り、その辺にあった紙に書きなぐったのです。

「神隠しに遭う前から」と。

ぎょっとしたように老女は口を噤んだ。

私はさらに、震《ふる》える手で続けて書いたのです。

「なぜそんなことを訊く」

「あんたは誰」

相手は首を大きく振り、何でもないのだという仕草をしてみせた。

だが表情はこわばり、顔色は変わっていて、次の人のために筆を握った手が、ぶるぶる震えて、何も書けないほどだったのをありありと見ました。

さらに迫ろうとすると、うるさそうに顔をそむけ、商売道具を片付け始めた。敷いていた布を巻き込んで小脇に抱えるや、そそくさとどこかに立ち去ったのです。

その別れ際に耳許で低く囁きました。

「早くおうちにお帰り、こんな所にいちゃいけないよ……」

受け取った小銭を私の手に返してくれました。

養父のもとに戻ると、弟がさっそく報告しました。

弥平はそのことにたいそう興味を持ち、市の人たちに、老女のことを訊き回ってくれたのです。その結果、私は物心ついて初めて、自分の過去の謎に触れそうな情報を得たのでした。

女は半年くらい前にどこかから流れてきて、気が向けば、路上でこうして代書屋をしていること。住まいはなく、河原に流木などで小屋がけして寝泊まりしていること。

過去のことはよく分からないが、書がうまく、故事やしきたりに通じているので重《ちょう》宝《ほう》されていたこと。

その日のうちにそれだけのことを摑んだ私たちは、奮《ふる》い立ちました。翌朝、商売を始める前に、皆でその河原に出かけて行き、その小屋を探し出したのです。

だが、中には誰もいなかった。近くの小屋に声をかけ訊いてみると、這い出してきた男は首を傾げて言った。

「おキチばあさん、ゆんべは珍しく帰らなかっただよ、急にまた、どこさ行っただか……」

おキチとはお吉と書くのだろうか。ともあれ市が終わるまで、そのおキチばあさんは二度と姿を見せなかったのです。

過去に触れるかもしれぬ手がかりを目前にしながら、それを見失ってしまったのはかえすがえす悔やまれました。

さらに大きな謎に、私は包まれたのです。

こんな火傷の痕など、比較的ありふれたものなのに、なぜあんなに注目し、驚いたのか。記憶のない私は、もとよりその老女に見覚えなどあるはずもない。だが向こうは、どうやらこの火傷に見覚えがあったらしいのです。

あの人は間違いなく私の過去を知っていたと思う。

しかしそうであれば、なぜ何も明かさずに、何かを怖れたように姿をくらましてしまったのか。

あの人が、私を生んでくれた人……？

そんな思いさえよぎりました。しかしもし母であれば、あれほどそっけなく逃げ出すだろうか。すべてが謎だらけだった。

「いや、おっかさんてこたあなかろう」

養父はそう推測しました。

「それにしちゃ、老けすぎてるよ。ただおっかさんを知っておるのは間違いねえな。あるいはおまえが神隠しに遭った事情に、絡んでおったか……」

それが原因であのように河原に住まい、路上の代書屋で身すぎ世すぎするまで身を落としたか、と養父は推測するのでした。

いずれにしても、私の秘密を明かすには、あの人を探し出すしかない。それはもう絶望と同じでした。

何か手がかりはなかったか。一緒にいた弟と顔をつき合わせて考えてみたが、何も思い当たらない。

ただ、ほんのささいなことが一つありました。ほとんど取り柄もなさそうな瑣末事《さまつじ》だが、少年の私の目に強く焼き付いていたもの。それは墨でした。

言ってみれば乞食ばあさんが、惜しげもなく磨っていた墨です。

それは寺の和尚さまが、改まって書く時に使うのと同じ『鈴鹿墨《すずか》』だったのです。鈴鹿で作られる上質の墨で、主に武家で使われ、私ら貧乏人に手の出る代物《しろもの》ではない。それを、こともあろうにあの貧しげな人が使っていたのだから、印象に残ったのでした。

そのたっぷりした墨の色、いい匂い……。寺の奥座敷で見ていたものに、こんな路上でお目にかかるのが何とも不思議で、懐かしい気がしたのです。

「ふーん、鈴鹿墨か」

弥平は腕組みをし、何事か考えを巡らしていました。

この時かれが考えていたこと……それは、あの老女はどうやらお屋敷に奉公していたらしいこと、そうであれば私の母親も武家屋敷の人だったかもしれない、ということでしたろう。

そんなことがあってから、弥平は行商で町に出て行くたびに、いろいろ訊き回っていたようです。かれは宇都宮《うつのみや》や、江戸までも、反物を担いで売りに行ったし、染めの草を探して、越後、信濃まで旅をする人だったからです。

しかし老女の消息は杳《よう》として不明だったのです。〟

「……そういえば」

手紙を読んで、お瑛は塩原から出て来たというお客を思い出した。

本町の行きつけの薬種問屋に奉公している、伝兵衛《でんべえ》という手代である。かれは薬草に詳しく、話好きだったから、よく那須の山々に自生する薬草のことや、伝説などを話してくれたのだ。

そのうちかれに話を訊いてみよう、と頭の隅にとどめておいた。

お瑛は次の手紙に、こう書いた。

〝……お手紙拝見して、近くに住む塩原出身の人を思い出しました。

その人は、よく那須の話をしてくれますよ。いつかあなたの話をしてみようと思います。懐かしがるかもしれません。

その塩原という所は、那須とよほど近いのですか？〟

4

〝拝復

塩原ですか……。

その地名を聞いて、またまた話を続けたくなりました。前回、書き残した部分が、まさにその塩原の話なのですから。

もうちょっとだけ書かせて下さい。

温泉で有名なこの土地は、黒滝山という山を挟んで、那須塩原の西南にあります。もう少し詳しく説明するならば、那珂川を渡り、黒滝山という深い山を越え、大蛇尾《おおさび》川を渡れば、ようやく塩原温泉郷というわけです。

そうです、その塩原に住む人から、弥平は面白い話を聞き込んで来たのです。老女に会ってから一年ばかりたつ頃でした。

その人は、まるで貸本屋のように大きな荷を担いで売り歩く、小間物売りです。荷の中には、簪《かんざし》、櫛、紅、白粉、元結いなどの他に、筆と墨がありました。

それを見てもしやと思い、弥平は訊いてみたそうです。客の中に鈴鹿墨を買う老女がいないか、と。すると相手はどうしてそんなことを知っているか、というような怪訝な顔をしながら、頷いたそうです。

「そりゃ、おキチばあさんのことだべな」

たぶんそうだと思う、詳しく話してくれ、と弥平は頼みました。

「いや、あのばあさん、食うや食わずの暮らしのくせして、鈴鹿墨はないかと訊きよるんでな。おまえさんの使う墨じゃなかんべ、と言ってやったら、急に怒りだしての。あたしゃ、この墨しか使ったことがない、と言い返してきただよ。えらく気位が高いんだべの」

農村回りの小間物売りが、鈴鹿墨など持ち歩くはずもなかった。そんな高価な墨を買う者はいないのだ。

ないと断ると、宇都宮のどこぞの通りに、藩御用達の問屋があるから、町に立ち寄った時には必ず訪れて仕入れてきてくれろ、と注文までする。

「おまえさんが、どうしてそんな問屋を知っとるだかね」

思わず訊くと、お城にいたことがあるからさ、とすまして答えたというのだ。

宇都宮のお城といえば、名城として有名な、あの亀が岡城をさすのだろうか。そんな所にいたお女中が、なぜこんな所に……。

どうせ嘘に決まってる、と小間物売りは相手にしなかったというのである。

弥平は、それを聞いて、まんざら嘘でもなさそうだと思った。そこでその墨問屋の名前と場所を書き取っておいたのです。

それからまたしばらくして宇都宮に商いで行った折り、暇をみて、その問屋『墨禅』に足を向けたのです。

もちろんお吉ばあさんのことを訊くのが、第一の狙いでした。

『墨禅』で弥平は話し込み、幸いその問屋には、昔を知る大旦那がいることを突き止めた。だが病いで、どこか遠くで療養しているという。その人を訪ね当てたりして苦労したのですが、そこらの詳しいいきさつは省きましょう。

聞き出した内容だけを、ここに紹介します。

まず分かったことは、その昔、城の奥向きの女中から、鈴鹿墨の注文が定期的にあったのは確かだったこと。その女中は、自らお忍びでやってきたこともあったという。書と和歌に造詣が深く、筆、紙、硯などをわが目で見繕《みつくろ》いたいと。その熱意ある女中の名はお吉ということも突き止めた。

このお吉が何者だったかというと。

学者の娘で、当時の藩主の側室、楓《かえで》の方《かた》のお付きの女中だったのである。このお吉の薫陶を受けた楓の方は、文芸好きな殿のご寵愛を独り占めにしていたという。

楓の方はやがてめでたく男児を生んだのです。

男児はすこやかに育ち、殿様が江戸詰めの折りは、母子ともに同行を命じられるほど寵愛が続いていた。だが男児が五歳になった年、楓の方に第二子の懐妊の兆しがあったため、城に残って養生することになったという。

殿様が江戸に発って三月ほどたった頃、『墨禅』の主人は城に上がった。かねて楓の方に注文されていた品が揃ったので、ご機嫌伺いかたがた参上したのです。

ところが楓の方には会えなかったという。

男児を連れて、突然いずこにか温泉保養に出かけたというのです。

そんなことがあるだろうか。三日前に、城に参上するむねお伺いを立てた時は、快諾され、この日を指定してきたのだから。

どこか不自然だったが、『墨禅』の主人は黙って引き下がるしかありませんでした。

少したって、あらぬ噂を聞いたそうです。

楓の方は殿様の勘気をこうむったとやら。御腹の子が、殿様の子ではないとご注進する者がいたとかいないとか……。

いや、正室がやっかんで追い出したのだ……。

いや、楓の方が危険を察して自から姿を消した……。

諸説あって真相ははっきり分からないが、どうやらお世継ぎ問題で、何か奥向きで陰謀があったのは確からしいのでした。

聞いたところでは、楓の方の子息は、以前にも、何者かに狙われたことがあったといいます。

皆で枯れ葉を集め焚き火を囲んでいる時、突然見たこともない大犬が現れ、飛びかかられて、危うく火の中に顔を突っ込みそうになった。その時はとっさにお吉が抱き止めて、火傷は手の甲だけですんだ。誰かが犬をけしかけたに違いないのだが、野良犬のしわざということになり、うやむやになったというのです。

今度もそれに類することがあったのでは。

お咎めを受けてどこかに監禁されているか、身の危険を感じて自らどこかに身を隠したか。いずれにしても、楓の方がのんびり温泉療養しているとは思えなかった。

以来、楓の方もその子もお吉も、お城に姿を見せたことはなかったという――。

以上が、弥平が聞き出してきた話なのです。

これをそのまま信じていいのかどうか分からない。だがもし信じるなら、どうやらこの私は、運命に弄《もてあそ》ばれた悲劇の主人公らしいのです。

藩主を父に、側室楓の方を母としてこの世に生まれ、五歳にして運命の風にもみくちゃにされた子。城を連れ出されいずこへともなく去り、その年の秋、那須の原で一人ぼっちで発見された子です。

この幼な子を野に追いやったのはいったい誰だったのか。

刺客に隠れ家を見つけられ、葬られるべきところ、あまりのいたいけなさに、密かに那須の原に追放されたか……。危険を感じた母が、魔手から遠ざけるために逃がしたか。

養父と私は、溜め息をついて顔を見合わせるばかりでした。

ただ私は、真実がそのどれであっても、自分に関わりないという冷めた気持ちだった。それを保証する記憶は、何もないのだから。

出生はどうあれ、貧しい染め師の養子であることに変わりはない。母の生死を突き止めることも、今となってはもはや不可能だし、もちろん城に戻って藩主になろうなどという気持ちは毛頭ない。頼まれてもご免こうむりたい。

ただ、違うふうにありえたかもしれない過去、現在、未来を思うと、人の世の有為《うい》転変、測りがたさ、あまりのはかなさに、驚くばかりです。私の青春は、ただただ諸

行無常の思いに囚《とら》われたものだったと申し上げて、この話を終えることにします。〃

お瑛は驚いていた。

あの大きな荷を背負っておずおずと入ってきた山育ちの若者が、大藩の殿様のご落胤……？

そんな人が店に現れたというだけで、驚きだった。

もしこのことを市兵衛に話せば、染め師としての自分を伝説化するためのでっち上げでは、といつものように皮肉な口調で言うに違いない。

もどかしい思いにも駆られた。弥平次は、まだすべてを語っていないということだ。

何故なら、かれはちゃんと口をきいていたからだ。

お瑛は夜になって筆を取り、次のように記した。

〃……とても面白く読ませて頂きました。

でもこれでお終いではないでしょう？

何故なら、あなたは蜻蛉屋に来なさった時、ごく普通に言葉を操っておられましたね。おそらく記憶も取り戻されたのだと思います。

あなたはどのようにして世界を取り戻したか、失われた記憶はどんなものだったのか。それを語らなければなりません。

ぜひともそれをお聞かせ下さい。

どうかもう、このお瑛を焦らさないで下さい。〃

5

〃拝復

仰《おっしゃ》るとおりです。

いや、焦らすつもりなどありませんでした。

ちょっとだけのつもりが、お瑛さんが読んでくれるという嬉しさで、つい長くなってしまったのであって、もともとそれは書くつもりのなかったこと。触れたくないことだったのです。

しかしここまできては、語らねばなりますまい。いましばらく、辛抱してお付き合い下さい。

あれは十五の年のこと。自分を鬼の子と思い続けた長い少年時代の終わりの年でした。

その誕生日……そう、私が弥平に見つけられた日を、五歳の誕生日と決めていたのです。その記念すべき日に、私は人並みに元服して前髪を落としました。

前回にも書いたとおり、自分の過去をまるごと信じていたわけではありません。過去がどうであれ、今の自分は何も変わらないという思いでした。

だが養父には、ひとかたならぬ思いがあったようです。

世が世なら、かれが見つけたこの子は、元服して帯刀し、多くの人にかしずかれる立場にあったのだから。

それが今は山家に身を沈め、口さえもきけぬ哀れな子です。かれはそんな私を哀れみ、少しでも人並みに扱いたかったのでしょう。

その日は、わざわざ山を下り、しかるべき神社で元服の儀を行ってくれたのです。といっても、前髪を落とし、大人の衣服に着替えるだけのことでしたが、豊かではない生活の中から、羽織と袴を用意してくれたのです。

せっかくだから、その日は私だけが残って、たまたま夜に奉納される薪能《たきぎのう》を見て帰るよう勧《すす》められました。夜はどこかで遊んでこい、と小遣いまで置いていってくれました。

私も晴れがましく高揚した気分でした。久方ぶりに芸能に触れ、また酒でも呑み、化粧の匂いのする女の柔肌に触れて一夜を過ごしたい、という気分だった。

もちろん山育ちの私は、能などはよく分からない。だが祭りになるとよく神社で奉納される能狂言に、それなりの面白さを感じていたのです。

あの日の演目は、あれは何というものだったか。

鬼が出てくるので、あるいは『紅葉狩り《もみじ》』だったかもしれない。

私はかぶりつきの桟敷《さじき》に陣取っていました。

舞台はゆらゆらと燃える篝火《かがりび》の炎に照らされており、闇の中から忽然《こつぜん》と鬼女が姿を現したのです。

それを見た瞬間、なぜだか私は総毛立ったのです。身体のはるか奥から、赤い炎が立ち上がってくるようでした。

いつか見たことがある、と思った。

あんな鬼に、自分はいつか出会ったことがあると。

そんな強い既視感に襲われ、身体が震えだしてしまいました。

一体これは何だろう、あれはいつのことだろう。元服を迎えたばかりの頑丈な若者が、能舞台の上のこしらえものの鬼に怯《おび》え、震えていたのです。

鼓が鳴り、しずしずと鬼が舞台中央に進み出る。口から炎を吐いているように見えたその鬼が、ギロリと私を見据えたように思ったのは、私の錯覚だったか。

われに見覚えはないか、と。

食い入るように見つめる私の瞼の裏に、あの萩の原が広がっていました。ザワザワ……と音をたてている萩の原が。

風が草原を渡っていくたびに、音は潮《しお》鳴りのように響き渡る。それは女人が長い髪を振り乱し、右に左に大きく揺するようにも思えていた。

漆黒《しっこく》の闇でした。原には耳が痛くなるほど虫がすだき、どこか遠くで鳥が、ギャッというような禍々《まがまが》しい鳴き声をたてていた。

はっとして目を開くと、闇の中に、闇より濃い黒い人影が立っていたのでした。姿は人間でも、遙かに人より大きな背丈、風に乱れる長い白髪。

まるで萩の中から抜け出てきたような……いや、この草原にひそむあらゆる妖気と、狂気の化身のような物の怪《け》が、屈《かが》むようにして私の顔を覗き込んでいたのです。

あまりの恐ろしさに耐えられず、私は声を振り絞って叫んだように思う。

ウワアッッッ……と。

五歳の童が叫んだ。

それと同時に、能を見ている十五歳の若者も叫んでいた。その悲鳴こそが、私に戻った最初の言葉だったかもしれません。

五歳の童は、草の中を泳ぐように走りだした……。

そして十五歳の若者も、奔流のように溢れる記憶に逆上し、何事かとざわめきたつ見物席を逃れて、走りだしていたのです。

暗い境内に飛び出し、気がついた時は、冷たい草地に横たわっていた。境内の一角の草地で、しばし呆然と倒れていたのです。

私はそのまま仰向いて、遠くに聞こえている能の鼓の音を聞いていました。心ここにないまま、高い星空を眺めていました。

今はありありと甦ってきた遠い記憶。

それは、あの日の昼間のことだったのだろう。まるで昨日のことのように、生々しく思い出されたのです。

ほら、笑っている。あれが母上だ、何て美しい人だろう……。

私も笑っている、まだ幼児の私が。

草原にまだ日は落ちておらず、花の匂いのする爽やかな風が吹き渡っていました。

母と子は、楽しい花摘みに出ていたようで、幸せな笑いが草原に渦巻いているのでした。

「坊や、ほら、これが萩のお床《とこ》。寝ると気持ちがいいのだよ」

母は静かに言い、白い華奢《きゃしゃ》な手で萩の枝を折っては、草の上に並べているのでした。何本もの萩がそこに積まれ、ふかふかした褥《しとね》が出来上がっていく。

やがて母はひょいと私を抱き上げて、そこに横たえたのです。母の肌はとてもいい匂いがしたし、萩の寝床はひんやりして気持ちが良く、私は空を見上げ機嫌よく笑っていました。

「さあ、おやつを食べたらお昼寝ですよ。ここで少しお眠り」

萩の上で食べるおやつが嬉しくて、私ははしゃいでいました。

そんな私を見つめる母の顔に、なぜ涙があったのか。食べ終わると私はだんだん眠くなっていき、とろとろとまどろんで……やがて眠ってしまったのです。

目が覚めた時は、辺りの空気が和《やわ》らいでいました。草原は柔らかな夕方の空気に包まれ、カラスが頭上で鳴いていた。

母上はどこ……。

首を上げると、ずんずん遠ざかって行く母の後姿が、チラと目の端をよぎったのです。どこへ行くのだろうかとぼんやり思った。

きっと母上は萩を摘みに行ったのに違いない、少し摘んだらすぐ戻ってくるだろうと。母を信じ切っていたから、何の疑いもなかったのです。私は微笑んで、また目を閉じました。

眠気が甘い蜜のように、たっぷりと身体を包み、とろけさせていた。何も思いわずらうことなく、すぐに幸せな眠りに落ちた。それからはぐっすりと、深い眠りに落ちたのです。

目が覚めた時、何かの夢を見ていたようだ。

草原はすでに漆黒の闇に覆われ、冷たい風が唸るように吹き渡っていて、虫がすだいていた。

そばには誰もいない。母様はどこ？

母上……母上……母上……。嫌な予感にすくみ上がり、何度も母を呼んだけれども、誰も来てくれない。恐怖に摑まれて身を起こした時でした。

少し離れてヌッと立つ、黒々とした大きな影に気がついたのです。

いいえ、気のせいではなく、確かに私は見た。この世のあらゆる憎悪と悲嘆と不幸の化身のような、異形の者の姿を。

風に揺れる、ざんばらの真っ白な長い髪、闇にぬめり光る目。口が裂けている。鬼……鬼だ……！

私は叫び、闇の中に駆けだしました。物の怪は両手を広げ、唸りながら追いかけてきた。走り、転び、斜面を転がって、無我夢中で逃げた。

それからのことはまるで覚えていない。気がついた時は、あの寺の境内の萩の茂みで泣いていたのだから。

こうして記憶が戻ってみると、私はまた新たな苦悩に包まれたのでした。この私を捨てたのは、他ならぬ母だったと知ったから。

むしろ知らなければ良かったのだ。

母の顔ははっきり思い出せないが、花のような白い顔が、私の遠い記憶の端をほの白く明るませています。そんな柔らかい優しい美しい人が、どうして幼な子を、夜の平原に置き去りにしたのか。

母にとって私は足手まといだったのか。

背後に危険が迫っていたのは分からないではありません。だがどんな事情であれ、死ぬるも生きるも、なぜ最後まで一緒に連れて行ってくれなかったのか。

そう問いかけずにはいられませんでした。夜の平原に鬼の姿を見るほどに、幼な子は恐怖したのです。そのことで記憶も言葉も失うほどに。母を恨み、怨じたのは、記憶が戻ってからのことです。

　その思いに囚われ始めると、何をする気力も失せて、暗い井戸に沈みこんでしまいそうになる。ええ、記憶が戻って二十年たった今でもそうなのです。

　私は普通の人間になってから、本当の気鬱を知ったのです。

　それより前の記憶は、あの草原の強烈な体験の照り返しで、頭から滑り落ちてしまったようです。

　お瑛さん、正真正銘これで話は終わりです。

　その後、母はどうなったのか、今となっては探しようもありません。たぶん、もう、この世の人ではないのでしょう。

　というわけで、もうこの先はありません。すべてのことは語りました。

　今は養父の家を出て、近くに一人で住んでおり、家業を手伝いながら好きな染めを手がけています。ですが……深い暗い思いに囚われると、染めの手も滞りがちです。

　怠けて引きこもっているのを、養父は大目にみて許してくれます。それがまた心苦しくて……。本当に床を抜けられる明日が、自分にはあるのだろうか。そう思う毎日

なのです。〃

6

「ほう、那須ですか」

頼まれた薬を届けに来て、お瑛につかまってしまった薬種問屋の伝兵衛は、話を聞いて興味ありげに頷いた。

「那須は、塩原からは、少し距離がありますかのう。手前は行ったことはありませなんだが、はあ、あちらからは、たまに物売りが来てたようで」

「何か、お城から逃れて来た女性の噂なんて、聞いたことありません？」

「いや、そんな話は……。ただまあ、あの辺りは山が深いでのう、水の流れない川やら、草木の生えない山があったりするんです。それに温泉が出るでしょう、温泉の出る所には、妙な話がつきものなんですよ」

「あら、どうしてです？」

「はあ、温泉は地中から涌き出してくる薬みたいなもんでしょう。薬に毒はつきもの。毒素も一緒に出てくるんですわ」

伝兵衛は肩をすくめ、お瑛のふるまうお茶を啜った。

「ただねえ、今のお話でちょっと思い出したことがありますよ。昔、うちのばあちゃんが、よく鬼の話をしとったで」

「鬼？」

お瑛は目を瞠った。

「そう、鬼女でした。大蛇尾川でしたかな、あの上流の山には、はあ、鬼女が出るとか……」

「その川はどこを流れているんです？」

「ええ、那須と塩原の間を流れる川でしてね、まあ、子どもの頃に聞いた噂なんで、はっきりはしませんが、何でも洞窟に女が棲みついてるとか、水浴びするのを木こりが見たとか……。ま、どの土地でも聞くありふれた伝説でしょうがね」

「それ、いつの頃のことです？」

「ええ、ばあちゃんが見たとか聞いたとか言っとったから、今から三、四十年前ですかね。いえ、話半分に聞いて下さいよ、ただの伝説ですから」

その伝説は、美しい孕《はら》み女が京の都から落ちてきて、塩原の奥に隠れ住んでいたというものだ。ところが何者かに追われ、山に逃げ入って鬼女になった……と。

「ふーん、それで？」

「いや、それだけです」

それだけかとお瑛はがっかりした。伝説や噂では確かめようもない。それでも土地まで行って訊き回れば、もっと詳しく知ることが出来ようが。

「ところで伝兵衛さん、眠り薬の材料ですけどね、簡単に手に入るもんですか」

「あれ、お瑛さん、もしかして不眠でお悩みですか。うちに来て下されば、すぐお出し出来ますよ。オオバコ、葛《くず》の根、桔梗を調合すれば、柔らかい手頃なものが出来ます。地方には眠り茸もあって、土地の人に訊けばよく知ってますよ……」

弥平次は塩原のそんな鬼女伝説を知っているのだろうか。それが、かれを悩ませているのだろうか。

お瑛はしばらく考えこんだ。

〃……あたしが書くまでもなく、深夜に見た鬼の正体を、あなたさまは先刻、ご存知なのでしょうね。

それを信じまいとなさることが、気鬱の原因……〃

そう書き出してから、お瑛はしばらく考え、そこを破り捨て書き直した。

〝……お母上はおそらく死に場所を探して、那須まで彷徨って来ながら、どうしても幼な子を道連れに出来なかったのでしょう。

だから萩の寝床に眠らせて立ち去ったものの、やはり心配で、深夜にまた戻って来られた、ということかと思います。

おそらくおやつには、眠り薬が混ざっていたはずです。

それにはたぶん朝まで眠り続けられるはずの量が、仕込まれていたでしょう。でも坊やは、あまりに異常な状況に反応し、途中で目覚めてしまった。

その時はまだ夢遊状態にあって、半覚醒で朦朧としていたため、そばに立って見守っていた母上さまが、鬼女に見えてしまったのでしょう。そう思います。

いいえ、あたしが書くまでもなく、その鬼の正体を、あなたさまは先刻悟っておいでじゃないですか。なのに、それを信じまいとなさっているのです。

優しく美しかったお母上を、鬼女にしたくないのでしょう。

心労のあまり髪は白く、風に靡《なび》き、顔は引きつって恐ろしげであったかもしれない。

でもそれが鬼に見えたのは、あくまで薬の作用でしょう。それは薬による幻覚に間違いありません。

幼な子が寺の境内で発見されたのもまた、偶然ではないでしょう。

おそらく誰かが見つけてくれるよう、母上がそこまで連れて行き、朝まで付き添っていたのに違いありません。

たぶん萩の寝床も、寺の近くにしつらえられていたのではないでしょうか。母上さまはおそらく、坊やが里人に助けられたのをちゃんと見届け、安心して去ったと思いますよ。

つまり坊やを無責任に捨てたのではありません。道連れにせず、生かして去ったお方が、鬼女なんかであるはずがないじゃありませんか。その後どこに落ち延び、どこで朽ちたにせよ、天の思し召しです。

あなたが染める人になられて、とても幸運だったと私には思われてなりません。染めは祈り、とご養父さまが仰っていたとか。

祈りとは、彼岸を思うことではないでしょうか。

染めの作業のたびに、あなたは彼岸を思い、そこをくぐり抜けてきた染め布にその痕跡を探しておいでなのでしょう。

その祈りの中で、いつか母上さまに出会えるのではないでしょうか。

ああ、今日もまた、日本橋は晩秋の、晴れ上がった青空です。もしかしたらこんな

日に、それは訪れるかもしれません……。〃

年を越してから、思いがけず那須から荷が届いた。

気がときめいて、急いで開いてみると、それは美しい弥平次染めの反物である。

萩の刈り取りに間に合ったんだ、あの人はとうとう床から抜け出して、仕事を始めたんだわ。そう思うと嬉しかった。

それは前より濃く、一面に咲き乱れる萩の花のような紅色に染まっている。お瑛は飽かず眺めた。

それには短い手紙がついていて、時候の挨拶の後に、こんな一文が添えられていた。

〃……お瑛さんに手紙を書くうち、胸の中の暗黒が少しずつ薄らいでいくのが分かりました。今では、鬼女でさえ愛《いと》おしい。

鬼女もまた、狂い咲いた一人の女と思えるようになりました。

そして萩染めが染め液の中から浮かび上がってくるたび、私は鬼女に、母に、出会うような気がするのです。

今年はまたいい萩を探したいです。

暖かくなったら花探しに、全国を歩き回るつもりです。〃

第四話　菊薫《かお》る

1

ゾクゾクと悪寒がした時、すぐ床をとって休めば良かったのだ。

それをお瑛は、大事な集まりがある、外せないお客さまが来る、楽しみにしていた歌舞伎見物だから……と、ぐずぐず動き回るうち喉が痛みだし、鼻水が止まらなくなってしまった。

翌朝は激しい頭痛で起きられず、喉が腫れて熱もあった。

ばあやのお初がすぐに濡れ手拭いを額に当てがい、里芋と生姜《しょうが》をすりおろして布に塗り、顎の下に貼ってくれた。お民を薬屋まで走らせ葛根湯《かっこんとう》を買ってきてもらい、すぐに飲んだのだが、もう手遅れだった。

「ほら、生姜湯《しょうがとう》ですよ」

「これ、卵酒ですよ、これを飲んで一眠りなされば……」

お初は張り切って、いつになくかいがいしかった。日ごろ気の利かないお民までてきぱき動くし、市兵衛が何もかも背負ってくれている。滅多に寝つくことのないお瑛が倒れて、家中が元気になったようである。

舌が焼けそうに熱い葛湯《くずゆ》、蜜柑の皮のお茶、大蒜《にんにく》の黒焼き……が、これでもかとばかり運ばれてくる。だが食欲はなく、夕食に出たネギと卵と梅干し入りお粥をほんの少々口に入れただけ。

具合が悪くなると決まって出てくる甘鯛の煮付けにも、ほとんど箸をつけられなかった。

それでもこれだけしたら、ふつうは風邪なんか一日で吹き飛ぶはずなのだが、今回はなかなか熱が下がらなかった。喉はますます痛み、起き上がるとめまいもした。し残した仕事が頭にちらついたが、こうなれば俎板《まないた》の鯉、どうにでもなれと諦め気分でじっと横になっている。

すべての感覚が鈍ってしまい、棒のようになって身動きもせずにいると、耳だけが鋭くなるようだ。ふだんはそれほど気にならない物売りの声が、実に頻繁に耳に入ってくる。

石町の時鐘《こくちょう》が明け六つを告げる前から、「なっとなっとぉーなっと……」の声が聞こえ始めて、「あさり、しじみよーい、あさり、はまぐりよーい……」の声と、裏の横町あたりで行き違う。

「えー、きくぅ、菊。嵯峨菊、伊勢菊、肥後菊、江戸菊……」がその後を追いかける。

「へっつーいなおし、灰屋でござーい」は真昼九つの鐘の前後に聞こえてくる。それからは「えー、あまざけ、甘い、甘いあーまーざーけ……」、「はさみ、ほうちょーう、かみそりっ……」とひっきりなしの往来だった。

七つ（四時）の鐘を追うように「とーふーい、とうふ、なまあげにがんもどき……」が来る。「えー、つけぎぃ、つけぎ……」が裏路地を抜けていく頃は、もうすぐ暮れ六つの鐘が鳴る。

夜は夜で「そばやー、そば……」、「なべやーきうどーん……」の声が静かになった表通りを流していく。

物売りってこんなに多かったかしらと、今さらに驚かされるのだった。

廊下をしのび足の音が近づいてきたのは、寝込んで二日めの、九つ（正午）を過ぎた頃である。

　あの足音はばあやではなさそうだ、と耳をすましていると、明かり障子の向こうから、番頭の市兵衛のしのび声がした。

「おかみさん、具合はいかがです」

「……いいわけないって」

　憮然としてお瑛が答える。

「あの、ちょっといいですか、例の件で……」

「徳《とく》さんのことね、どうなったの。あ、伝染《うつ》るからそこで話して」

　ほんの少し障子が開いて、かしこまって座ったままの市兵衛が、おそるおそる角張った眉の濃い顔を覗かせた。

「はい、先ほど蜥蜴《とかげ》の親分が来なさって、徳さんが捕まったと……」

「えっ、本当？」

　お瑛は頭を起こしかけたが、殴りつけられるような頭痛がぶり返し、また枕に頭を沈める。

「ああ、起きちゃいけません、ちゃんと養生して下さいよ」

「有り難う。でも、まさか……」

「いや、やっぱり本人も認めているそうですよ、お客さまに肝《きも》を出したと」

言い終わらないうちにお初が入ってきた。

「まあ、市さん、たいがいにおし。病人にそんなことを教えちゃ、お熱が上がるばかりじゃありませんか」

「いいんだって、ばあや、あたし退屈してるんだから……」

「お嬢さまは、少し退屈なさった方がよろしいのです。いつもあれこれ、忙しすぎますよ。病気の時ぐらい何もお考えにならず、じっとしててくれませんか……」

「考えないわけにいかないんだって。あの徳さんが、捕まったっていうんだもの」

声を高めると、頭にがんがん響いた。

「仕方ないじゃございませんか。河豚《ふぐ》の肝を出して、人ひとり死なせたんですからね。そりゃ、わざとじゃないでしょうけど、料理人としちゃお終いです。あたしに言わせりゃ、お縄を頂戴して当たり前、自業自得ってもんですわ」

お初がつけつけ言ってる間に、市兵衛は退散してしまった。

そうか、やっぱり徳さんは肝を出したのか……。お瑛は天井を眺めて思う。人ひとり死んで、調理人が己の過失を認めているのだから、これはもう仕方がない。

自分などが床の中でやきもきしても、どうなるものでもないだろう。しかし、あの徳さんが……とやはり思わずにいられない。

すっきりと痩せて、鋭利な刃物のような感じのする色白の顔。指の先まで神経の行き届いているような細い手。むっつり黙り込んでいるが、いつも注意深く光る目。

あの人が河豚の危険な肝を調理することはあり得ても、包丁さばきを間違えるなんて、とても信じられなかった。

小舟町にある『魚徳《うおとく》』は、お瑛が贔屓《ひいき》にする割烹料理屋である。構えは地味だが、予約が二月《ふたつき》先まで詰まっているという評判の店だった。その繁盛ぶりは、ひとえに包丁人徳次郎《とくじろう》の、天才肌の腕にかかっているといわれる。

もともとは父親の徳一《とくいち》が始めた店で、舌の肥えた日本橋の大店の旦那衆に評判を博した。秋から冬の魚といえば、江戸では鮟鱇《あんこう》が主流だが、河豚も関西帰りの人々を中心に隠れた人気があった。魚徳は、そんな数少ない店の一つだったのだ。だが店主が中気で倒れ、長男が継いでからがいけなくなった。

徳太郎《とくたろう》は愛想はいいが、父親に比べると、いささか腕が落ちる。味が落ちたと評判が立つと正直なもので、旦那衆の足はみるみる遠のいて、魚徳に閑古鳥が鳴き始めた。

徳一は長男に店を継がせた時、腕がいいと評判の次男を、神田の親戚の店に奉公に出している。しかし経営がいよいよ傾いてきて、やむなくかれを呼び戻すしかなくなった。

三年前に帰ってきた徳次郎は、包丁一本で、見事に店を……味を、立て直したのだ。お先棒担ぎの食通たちが顔を見せ始め、その評判を聞いて、また地元の旦那衆が客を連れてやってくる。

客筋は、相撲取りや江戸詰めの武士、歌舞伎役者、女将、芸者衆……と多彩で、たまには幕府の要人もおしのびでやってくるらしい。

お瑛もよく足を運んだ。

徳次郎は隣り町に住んでいたから、子どもの頃からよく見知っている。愛想のない子で、いかにも付き合いにくかったから、一緒に遊んだことはない。親しく話すようになったのは、料理人になってからのことだ。

その徳次郎が得意とする料理の一つが、河豚だった。

河豚は中毒死があとを絶たないため、昔から再三お上から警告が出されていた。肝は食べぬよう、食べさせぬよう。

それがかえって、口のおごった江戸衆には、刺激になったかもしれない。そんなもん怖がってちゃ江戸っ子じゃゃねえ……とばかり、木枯らしが吹き始めると、食い意地の張った江戸っ子連中が押しかけるのである。

調理法は、家康公の昔から好まれていたという〝河豚汁《ふくとじる》〟が人気だった。

まずは皮をはぎ、はらわたを捨てて隠し肝（肝臓）を処分する。血をよく洗った肉を濁り酒に漬けてから、味噌仕立てでサッと煮て、清酒と塩を入れる。吸い口に大蒜《にんにく》や茄子などをあしらって、あつあつで啜る。

その味噌汁の味は、絶品だった。

また河豚の薄作りは〝てっさ〟と呼ばれ、蟬の羽のごとく薄く削いだ肉を、菊の花びらのように美しく皿に盛る。これを〝菊盛り〟ともいう。

この菊盛りがまた、徳次郎の包丁にかかると、まさに美術品の域に達するのだった。かれほど薄く、しかも味が損なわれないよう見事に包丁を入れる料理人は、おそらく江戸中探しても何人もいないだろう。

この河豚名人が、客に肝を出して、死なせたのである。

事件が発生したのは、お瑛がまだ床に臥《ふ》す前で、すなわち一昨日ということになる。

魚徳で中毒騒ぎがあったという噂は、すぐお瑛の耳にも届いた。

それによると、魚徳で河豚料理を食した常連客の一人が、新富町の妾宅に帰り着いてから、急に苦しみだしたという。腹に激痛が走って嘔吐し、舌が痺れ、痺れた唇から涎《よだれ》を流し、呼吸が出来なくなって胸をかきむしって苦しんだ。

「河豚にやられた……」

本人が苦しい息の下からそう呻《うめ》いたという。

まさかの事態に妾宅は医者を呼ぶやら、日頃は仲の悪い京橋の本宅に人を走らすやら大騒動になった。

周囲の話からも、一刻半(三時間)ほど前に河豚を食したことが判明した。河豚の中毒は、およそそのくらいで発症するのである。医者は、ただちに最も効くとされる毒消しを試みた。

すなわち使用人に命じて庭に穴を掘らせ、頭だけ残して土中に埋め、毒気を土に吸い取らせるのである。茄子を調達させ、そのヘタの黒焼きも食べさせた。

だがそのかいもなく、ほぼ一昼夜たった昨日の夜半、呼吸困難で死亡したというわけだった。

あの魚徳が、河豚の肝を客に出したらしい……、いや、まさか魚徳に限って毒を客に供するとは……、とさまざまに取り沙汰されながら噂はたちまち日本橋中に広まった。

死んだ客がまた、大物だった。

日本橋は数寄屋町にある能登屋は、江戸でも有数の油問屋に数えられる。その大旦那、弐左衛門《にざえもん》が死んだのだから、世間は沸き返った。かれは食通としても有名で、魚徳の上得意だった。

わけても河豚を好み、江戸前のショウサイフグでは飽き足らず、船で馬関《ばかん》（下関）辺りまで、トラフグを食べに行くほどだったという。

そんな市兵衛の話を、お瑛は床の中でじっと思い巡らせた。

能登屋とは取引はないが、何年か前、魚徳の玄関先ですれ違った覚えがあるのだった。そのでっぷり太った堂々たる身体に、唐桟《とうざん》の赤を色めいて纏っていたことで、お瑛は目を引かれた。

顔はてかてか光って脂が浮き、いかにも大店の主人らしい自信と存在感を漂わせていたのが印象的だった。

あの人物の華やいだ人生を、あの徳次郎が終わらせてしまったということか。

2

翌三日めも、お瑛は床に縛りつけられていた。

頭痛はなくなったが、喉がひどく痛くて、何も食べられなかった。この日も天井を見上げたまま、つれづれなるままに徳次郎のことを考え続けた。

昨日の夕方、お初の目を盗んで、また市兵衛がこっそりやってきたのである。かれがこの事件に目の色を変えているのは、棒術の町道場で、徳次郎と一緒だったからだ。親しくはなかったが、互いに一目おく相手ではあったようだ。

かれが新しく聞き込んだ情報によると――。

事件の張本人の徳次郎は、能登屋の死を知った時、衝撃のあまり口もきけないほどだったという。だがお取り調べでは、肝を調理したことを認め、いっさい弁解をしなかったというのだ。

ふだん毒のある部分を客に出すことなどないのだが、能登屋弐左衛門だけは例外だったという。

能登屋ほどの食通になると、河豚そのものの味以上に、ピリピリと舌が痺れる毒の感覚を味わうらしい。

親しい客を連れて来ると、必ず料理人に肝を所望した。断ろうものなら怒って席を立ってしまい、その季節は店に寄り付かなくなる。

「あたしが勝手にやりゃあ、問題ないんでしょう」

と自ら調理場に入り、自分で河豚をさばいたことさえあった。

「舌がこう、ピリピリくるくらいでなけりゃ、テッポウを食べた気がしませんや。なーに、大丈夫ですって。当たりゃ死ぬが、滅多に当たらない、だからテッポウと言うくらいでね。人が食べない物を出してこそ、ご馳走じゃありませんか。これを食べないで、河豚を食したなどとはとても言えません」

弐左衛門はよくそう言って、連れの客にも食べるよう勧めた。

「テッポウの肝についちゃ、あたしゃ、徳さんより詳しいんだ。この年になるまで四十年食べ続けて、まだピンピンしてますからな、ほらこのとおり」

と、ここで肉厚な手を挙げて万歳してみせる。

かれによれば、肝は毒というが、どこからどこまで猛毒じゃあない。部分によっては、ピリピリくるだけで人体に影響はない、そこをそれ、わさび代わりにちょいちょいと……というわけだ。

「ただ問題なのは、河豚の種類によって、毒が皮にあったり、肝にあったりすることでしてね。この河豚はどこに毒があるか、心得ていない調理人は落第だ。包丁さばきひとつ違えたら、たちまち地獄行き……ってわけで、そこがまた、ははは、こたえられんのです。いや、あたしだって、命は惜しい。それを任せられるのが徳さんだ。あんたでなきゃ、あたしも頼みゃしません」

弐左衛門のこの自信、この鼻息には徳次郎も敵《かな》わない。その上、かれはこうも言い含められていた。

「お上からお咎めがあったら、あたしの命令だとお言いなさい。能登屋御用達の書き付けも出します。能登屋の名前を見りゃ、大抵のお役人は退散しますよ」

お上も怖れぬ勢いで、実際に書き付けをよこしたともいう。

そこで徳次郎は、この大旦那が来た時だけは、毒性のあまり強くない部分を少量切り分けて一人前とし、客の銘々皿に出していたのである。

この方法で今までやってきて、何事もなかったのだ。河豚も同じ種類のものだし、どうしてあの日に限って当たったのか、それが分からない。周囲ではそのような疑問の声も強いという。

能登屋の体調がいつもより悪かったのではないか。あるいは他人が食べ残した分にも手を出して、いつもより多く食べたのでは。

誰もが考えるように、お瑛もまたそう考えていた。

あの絶妙な包丁さばきを考えると、そう思わざるを得ない。調理人の間違いを追及するより、能登屋の体調を調べた方が早いのではと――。

あれこれ考えるうち、熱がまた出てきたらしくぞくぞくした。

昼食にお粥《かゆ》を少しだけ食べ、また横になっていると、幼馴染みの誠蔵《せいぞう》があたふたと見舞いに駆けつけてきた。

かれは若松屋という紙問屋の主人で、障子をガラリと開く時も、その障子紙にチラと目を走らすのを忘れない。

「大丈夫かよ、お瑛ちゃん。お初さんに、ちょっとだけと念を押されて、入れてもらったんだけどさ」

「でもお見舞いにくるなんて感心じゃない」

「お瑛ちゃんが倒れたなんて、能登屋が死んだより驚いた」

かれは二人だけになると、子どもの頃の口調丸出しになる。

昔はガキ大将、長じては家の身上《しんしょう》を傾ける放蕩息子でもあった。だが親が死んで若松屋を継いでから、再生紙で鼻紙を売り出し大店にまで盛り立てた人物である。

そこへお初が、若松屋さんが持って来て下さった……と美しい菊の花束を花瓶に生けて持ってきた。お初が部屋を出て行くと、待ちかねたようにお瑛は言った。

「誠ちゃん、あんた、徳さんのこと話しに来たんでしょ?」

「まあ、そうも言えるかな」

頭をかきながら言うには、徳次郎の話で来たのだが、お瑛は病気で寝込んでいると言われ、慌てて花を買いに走り、見舞いに来たふりをしたという。

「そんなことだろうと思った。でも、よかった。使いを出して、来てもらおうと思ってたところだから」

「徳さん、えらいことになったな。下手すると、ありゃ獄門……」

「やめてよ、また熱が上がるじゃない」

お瑛が止めた。

「肝を出せと強要したお客にだって、非があるでしょ」

「そりゃそうだが、強制されようとどうしようと、出す方が悪い。事故が生じれば、出した側の罪になる。本人も認めてるんだからね」

誠蔵が言った。

「しかし河豚の肝って、トロリとして旨いらしいな。あれを食って死にかかったやつを知ってるけど、また食いたいってさ」

「そういう命知らずを相手にしてちゃ、調理人も気の毒だわ」

「ところがその辺で、どうもよく分からないところがある」

うん……とかれはおもむろに腕組みし、遠くに目を向けた。

少し開いている障子の隙間から、日が翳《かげ》り始めた中庭が見える。廊下にはいつもの野良猫がうずくまっていたが、誠蔵の顔を見ても逃げ出さない。猫好きで、自分も二、三匹飼っているからだろう。

「実はいろんなやつから、いろんな噂が耳に入ったんだけどさ」

かれは声をひそめた。

「あの魚徳も複雑な事情があるらしくてね」

父親の徳一は、若い頃は品川で船宿の船頭をしており、釣り船の櫓を漕いで客を沖の穴場に案内していたという。帰って来ると自分の釣った魚を自らさばき、客に出す。

その調理の腕が評判を呼んだのだが、能登屋はその頃からの常連客だったという。

『魚徳』を開いた時も、包丁さばきを見込んだ能登屋が請《う》け人となった。無利子で金を融通してもらい、上客をどんどん連れて来てもらったおかげで、店は繁盛したのだ。

その時に借りた金はいまだに返していない。

向こうも返せとは言わない。その代わり河豚の肝を調理させたり、閉店後に客を連れて押しかけたり、平日に南房総の別邸に徳次郎を呼びつける……。しばしば無理難題を押しつけられても、魚徳側はそれを営営《えいえい》と呑んできたわけだった。

「……有り難いお客ではあるが、息子の徳次郎にとっちゃ、目の上のたんこぶでもあったわけ。父はどうあれ、自分は、能登屋なしでもやっていけると自負がある。かといって今さら旦那のわがままを断れば、借金を返せと迫られかねない……、この旦那さえこの世にいなければ、借金はちゃらになるし、店にかかる重荷もとれる……」

「……と考える人もいるでしょうね。でも、ご本人が果たしてそう考えたかどうか」

お瑛が天井を眺めしばし考え込んで言った。

「そりゃもちろん分からんけど」

そこでお初が茶と菓子を持って入ってきた。軽い世間話でやり過ごし、茶を啜って誠蔵は続けた。

「だけど徳さんに、能登屋を殺す動機がないわけじゃないと分かって、お奉行所側は色めきたってるそうだよ」

「ふーん。でも、何かあれば調理人がまず疑われるんだもの。馬鹿じゃないんだから、そんな危険なことをするわけがない。もしも能登屋を殺すとしら、もっと疑われない方法をとるでしょう。例えば橋から突き落とすとか……」

「しかし逆をいくってこともあるぜ。あの人がそんなことするわけない、と誰もが思うだろう。河豚毒を調理したのは悪いが、強要された上での過失……と。そんな情状酌量を狙ったとか」

「ふーん。いろいろ考えるのね。でも、徳さんはそれもしないだろうと思う」

「じゃあ、あれはほんとの過失だったと？」

「そこも疑ってるの、あの人が過失なんて……」

「なら、どうして能登屋は死んだのかってことになる」

お瑛は黙ってしまった。

枕元の菊が清々《すがすが》しく香った。


「ねえ、ばあや、明日は起きてもいいかしら」

お初が後片付けに来た時、お瑛は言った。

「おやまあ、何をお言いです、とーんでもありませんよ。無理、無理……」

「だってもう、三日も寝てるんだもの」

「お嬢さま、また何か企んでおいでなんですか」

「企むなんて人聞きの悪い。頭痛もとれたのに、ぐずぐず寝てると身体が腐ってしまいそう」

「まだ、身体が腐るほど寝ておいでじゃないでしょう。お熱がとれないし、何も召し上がらないし、お咳もとれない、お声も本調子じゃありません。ここはよく養生なさらないと、すぐぶり返しますよ。ぶり返したら何倍にもなって……」

「分かった分かった、分かりました。じゃ、あと一日ぐらい寝ててあげてもいいけど、岩蔵親分が来たら、通してくれない？」

「ええっ、よりによってあんな蜥蜴を……また悪い空気がのりうつってきます。河豚事件も、いい加減になさいまし。またお熱が出ること請け合いですよ」

「縁側からならいいでしょ。そこでほんの四半刻……」

「お庭から……ですね」

お初はチラと目を縁側に走らせて、諦めたように言った。

「はいはい、それならようございましょ。市さんに言っときます。それはそうと、大奥さまが心配なさってますよ」

ああ、と心弱っているお瑛は、しゅんとした。

子どもの頃こうして寝つくと、お豊が、お初以上にかいがしく看病してくれたものなのだ。毎日、家の中は大蒜を黒焼きにする嫌な匂いや、薬草を煎じる匂いに満ち溢れた。あちこちに火鉢を置いて鉄瓶をかけるから、蒸気でどこもむっと湿っていたっけ。

熱をみるため額にかざされたお豊の手の感触まで、ありあり甦る。もうこの先そんなことはあり得ないと思うと、あの乾いた手の感触はいっそう忘れ難くなる。

「おっかさんには、大丈夫と言ってあげて。うつすといけないから、しばらく近づかないけど、あと一日で起きると」

「起きられるといいですけどね。ま、もうすぐお粥を持って参りますから、しっかり召し上がって下さいまし」

3

〝雛一丁おくれ
どの雛目つけた
この雛目つけた
いくらにまけた
三両にまけた……〟
どこか遠くで、子どもらのそんな唄い問答の声がしている。
ああ、もう夕方かしらと、お瑛はぼんやり思う。

こんなふうに無為に時を過ごすのも悪くないと思える、ほんの短いひとときだ。こんなことは、本当に何年ぶりだろう。いつも仕事に追いかけられていて、無為に夕暮れ時を過ごすなんて、まったくないことだった。

目を閉じて、うつらうつらしながら遠い唄声に耳をすますうち、ふと遠い過去の光景に迷い込んで行った。

あれは幾つくらいで、どこの河岸《かし》だったか。

悪童らがこの唄を唄って遊んでいる。手に下げてゆさゆさ揺すっているのは、子犬だった。犬はキューンキューンと鳴いていた。

〝三両にまけた〟が、次の繰り返しでは〝二両にまけた〟、その次は〝一両にまけた〟となり、最後は〝こんなものいらぬ〟となって、堀に投げ込むのだ。

お瑛はそれを止めたいが、怖くて何も言えずに立ち竦《すく》んでいる。

その時〝一両で買った〟……と進み出た子がいる。

徳次郎だ。かれは両手を差し出して、犬を受け取ろうとした。

だが悪童どもは、二両よこせ、よこさにゃやれぬ、と囃《はや》し立てる。押し問答するうち、一人が犬を堀の中に放り込んだ。

血相変えた徳次郎は、堀に入って行き、濁った黒い水面でもがき苦しむ犬を救い上げた……。そのところまでは覚えているが、その後どうなったのだったか。

記憶とは不思議なものだ。その後のことはまったく覚えていない。

親しい相手ではなかったから、何も訊かないままだったのかもしれない。まして店で会うようになった時は、思い出しもしなかった。

それがこんな時になって、不意に思い浮かぶとは。あの子犬のことを、今度会ったら訊いてみようと思う。もっともかれが婆婆に出られたらの話だが……。


「……おかみさん、具合はどうですか」

朝食を済ませてから、横たわったままお民に髪を梳《す》いてもらっていると、縁先に声がした。開け放った縁側の向こうに、岩蔵親分が笑って立っている。

「あら、親分さん、お早いお勤めですこと」

「へへへ……番頭さんに、やっと見舞いを許されやしてね。熱がようやく下がったんだとか」

「はい、もう四日めですもの、そろそろ起きる練習をしなくちゃ。でも、まだちょっとふらつくんですよ」

「ふらつくんじゃゃ全快とは言えませんや。ええ、ここは番頭さんに甘えて、どーんと休むこってすよ。……しかしいいお日和《ひより》ですな」

降り注ぐ日ざしを眩しそうに仰いで、岩蔵は暖かそうな縁側に腰を下ろした。

「一服してもようござんすか」

「どうぞどうぞ」

先ほどまで縁側にいた猫は、岩蔵の出現に姿を消してしまった。

「ねえ、親分さん、魚徳はどうなりました」

「はい、それですがね」

心得顔で言い、ゆっくりと煙管《きせる》に莨《たばこ》を詰め始める。

「徳次郎はどうやら、獄門ですわ」

「ええっ」

起き上がりそうになって、お民に押さえられる。

「ありゃ、能登屋に恨みを抱いての、殺しですな」

「まさか、親分さん、それは……」

「いや、おかみさん、ちっと聞いておくんなさい。こんな話がありますぜ」

このところ能登屋の親戚の娘が、魚徳にちょくちょく顔を見せていたという。お慶《けい》というその娘は、徳次郎に思いを寄せており、徳次郎の方もまた憎からず思うようになっていた。

そこで中に立つ人がいたのだが、それを聞いた能登屋が、頭から反対して、こう言ったというのだ。徳さんは腕は立つが陰気でいけねえ、どうしてもあの娘がほしいなら、借金をきれいに返してからだね、と。

「そのことを聞き知った徳が、面白いわけはねえんだ。あれは計画的だと、故意に毒を食べさせたんだと、もっぱらの噂ですわ」

「本人もそれを認めているわけ？」

「いや、本人は肯定も否定もしてねえんですがね。どう思われても仕方がない、すべては自分の始末だ……と、説明を拒んでるそうですよ」

スパッと煙を吐き出す。

「その夜の客の顔ぶれは、取引先の旦那が二人、それに能登屋の番頭がいた。総勢四人の小人数……懇意にしている相手だったから、能登屋がまた肝をふるまうのは目に見えていた」

煙管をポンとはたきながら、岩蔵は言った。

河豚の肝は、その一人ずつに出されたという。こりゃ旨そうだ、冥土のみやげにひとつ食してみますかね、などと皆は笑い合っていたが、結局は能登屋弐左衛門以外、誰も手をつけなかった……らしい。

「誰も手をつけなかった、とはっきりしてるんですか？」

「そりゃもう、皿を下げた仲居が証言したそうで」

「その仲居さんは、肝が皿に残っていたのを確認したと？」

「そう改まって訊かれると、困っちまうんですがね、何せあっしの縄張りじゃねえんで」

かれは小指で耳の後《うしろ》をかいて言った。

「ま、そう証言したんだから、たぶん確認したんでしょう……。ま、能登屋が他人の分まで食べたんじゃないかって話でしょうが、どっちにしたところで、いずれにしても結果は同じだ。徳の落ち度にゃ変わりありません」

何て粗雑な言い草だろう、とお瑛は呆れてしまう。それで岡っ引きが務まるんなら、誰でも出来るじゃないの。

「でもとても大事じゃありません？　徳さんが故意にやったのか、過失なのか、それとも能登屋さんの方に問題があったのか、それによってお仕置きが微妙に変わってくるでしょう」

「確かに。故意にやったとすりゃ、獄門は間違いねえ。しかし過失だったとしても、死罪は免れませんぜ」
「…………」
お瑛は、頭の中が白く脱色していくような気がした。
「徳さんを、恨みに思ってた人はいないんですか」
「誰かが徳次郎を陥れようとしたと……？　さあて、その筋書きも無理がありますね
え。たとえ徳を恨む者がいたとしても、そんじょそこらの素人にゃ、河豚の毒は、と
ても扱えませんよ」
岩蔵は首をひねった。
「でも例えば、長男の徳太郎さんはどうなんです。庖丁人の立場を、弟に奪われて恨
んでないのかしら」
「ああ。あの人は、確かに包丁人だ。今はもっぱら番頭に甘んじてますが、腕はそう
悪くないんでさ。弟に比べられるから、気の毒なんですよ。しかしこの筋書きも通り
ません。弟をどう恨んでるにしても、魚徳でこんな事件を起こしちゃ、連帯責任です
からねえ。店に厳しいお咎めがあっては、元も子もないでしょう」
それもそうか、とお瑛は思い直す。
「今度のことで徳太郎さんもお咎めを……？」

「そりゃ、無傷ってわけにゃいきません。魚徳で旨い河豚汁を食おうったって、もう無理ってこってすわ」

岩蔵は立ち上がって、太陽に向かって大きな伸びをした。

「さあて、こうもしちゃいられねえ。これから深川まで行かないと……」

こうしちゃいられない、とお瑛も焦った。このまま黙っていれば、徳次郎は死罪になりかねないのだ。

「親分さん、ちなみにその日、能登屋さんが食べたお品書き、調べられますか」

「ああ、そんなことお安いご用ですわ。しかし、こりゃごく単純な事件ですぜ、おかみさん。本人が、自分の手落ちだと認めてるんだから世話はねえ。能登屋の人たちだって、いつかこうなると思ってたとすっかり諦めてるんですよ。どこにも問題はねえ。食通と河豚名人が、どこかで掛け違ったんでしょう」

「分かってます」

でも徳さんは滅多に掛け違わない名人だから、とそれは胸の中で密かに呟いて、そっとおひねりを用意し、お民に渡してもらう。

「や、いつもすいませんな。じゃ、お品書きは明日にも店の方へ届けておきますよ。どうぞ大事になすって下さいよ……」

ぺこぺこ頭を下げて岩蔵が退散した。

しばらくお瑛は天井を見つめて考え込んだ。ちょっとした包丁さばき加減で、運命がこれほど暗転してしまうのだから恐ろしい。

しかし……どこかに別の掛け違いがあり、それに気づかないまま、進んでしまったら。本人も周囲もそう信じ込み、真相にふたをしたまま結論まで突っ走ってしまったら。それこそ運命の、本当の恐ろしさではないか。

徳次郎が故意にやることはあり得ない、という考えをお瑛は捨てていない。なぜならかれは、誇りある職人だからだ。

といって、あの天才肌の包丁使いが、包丁さばきを間違えるなどとも考えられなかった。

では能登屋が死んだという事実はどうなる。どこかに見落としがあるのではないか、とお瑛には思えてならない。

この日は、さらにお豊にも見舞い客があった。

京の洛北にある密教寺院の僧侶で、昔、近くの寺にいて、お豊とは親交のあった人である。江戸に所用で出て来たついでに、病気見舞いに立ち寄ったという。

その人はお豊の病床でしばらく話し込んでいたが、帰りがけに廊下からお瑛に見舞いの言葉をかけて、帰っていった。

その後で、お豊がお初に、小さな木造の観音様を持たせてよこした。あの坊さんが、お豊の回復を念じて彫ったものという。

「〝夢違え観音〟様ですよ。悪い夢をいい夢に代えてくれる観音様です。法隆寺の観音様に似せて、あのお坊さまがこつこつお作りなさったと……」

それは掌《てのひら》に包み込めるほどの大きさで、見ていると涼風が渡ってくるような、気持ちのいい観音像だった。

お瑛は病臥のつれづれに、飽かずそれを眺めていた。

夢違えか……と思う。何かが閃《ひらめ》きそうで、全く閃かない。夢違え、夢違え……と思ううち、いつしかうとうと眠りに入る。

4

柿なます

椎茸、人参、里芋、竹輪、銀杏《ぎんなん》の吹き寄せ

鮭白子の揚げ出し風
だし巻
河豚の薄づくり
河豚の天婦羅
河豚のちり鍋
河豚汁
河豚酒　河豚の肝

以上がその日、能登屋が魚徳で食したお品書きである。

朝、岩蔵が置いていったその書き付けを、市兵衛が暇をみて、病床まで持ってきてくれた。

お瑛はそれをためつすがめつ見ていたが、落胆した。

「このお品書きからじゃ、何も分からないねえ」

「あ、親分さんの話では……」

岩蔵は、おひねり分だけの働きをしてくれた。かれは魚徳の仲居に会って、さらに訊いてくれたのである。

それによると、仲居は客の皿に肝が残っていたのを確認したという。能登屋はいつもほど旺盛に食べず、珍らしく天婦羅を残した……と。

「あの方、他人の残した肝まで食べるんじゃなかった？」

「つまり、この日はやはり体調が良くなかったんじゃないかと」

「なるほどね」

お瑛は頷いて考えた。

体調が悪いところへ、食べ合わせが悪かったということだろうか。それでふだんは何事もない毒が、回ってしまったと？

「河豚と食べ合わせの悪いものって、何かしら」

「そうですねえ、鰻と梅干し、天婦羅と西瓜《すいか》とはよく聞きますが、河豚は何ですかねえ」

首をひねって考えていたが、おそるおそる付け足した。

「親分さんの話じゃ、お白州は明後日だそうですよ」

ええっ、とお瑛は驚いた。

「お奉行様のお取り調べはそんなに早いの」

「双方にあまり問題がないってことでしょうかね。魚徳は手落ちを認めてるし、能登屋側も、大旦那のあの途方もない食通ぶりを認めてるんで」

「市さん、能登屋さんちの内情を調べられない？」

「内情……ですか、はい」

市兵衛は少し考えて、頷いた。

「道場のつてを辿れば、誰か紹介してもらえるかもしれません。しかしあそこは……」

能登屋は目下、店を閉めて喪に服しているが、それももう四日め。お白州で出された結果いかんでは、すぐにも長男が店を再開する用意があるという。さして混乱もなくやっていくだろうと噂されている。

「ダメモトということもあるからね、大至急お願い」

市兵衛と入れ違いに、裏木戸から庭石を踏んでくる下駄の音がした。あの軽さは蠟燭屋のおかみ伊代だと、お瑛は気づいた。

「お瑛さん、お加減はいかが……」

案の定、伊代のきれいな声がした。着物の袖で包むようにして、色とりどりの菊の花を抱えている。

「はい、これ、お見舞い。さっき棒手振りの花屋さんが来たんで、どっさり買っちゃったのよ」

伊代が縁先に腰を下ろすと、花の香りが病床まで届いた。彼女は息をはずませて言った。

「お瑛さんが寝つくなんて。でもうちのお舅さまも、風邪で十日も寝てたからねえ」

「あんなに気をつけておいでなのに」

「ほんと、朝は乾布摩擦、外出から帰ればうがいに手洗い、お茶はみかん茶。夕食前に内湯に入って、お酒は熱燗で晩酌し、早寝早起きは絶対守り、少しでも冷える夜は懐炉《かいろ》に湯たんぽ。もう、人並みはずれて用心深いじいさまなのに、風邪ひく時だけはなぜ人並みなんでしょう」

伊代は色白な頬を紅潮させて、肩をすくめた。美人だが細い目を見開くと、少し狐に似た顔になる。

「そういえば最近、河豚に当たった方がいたでしょう」

それとなく水を向けると、情報通の伊代はすぐに乗ってきた。

「そうそう、能登屋さんね。あの方、お舅さまの旧《ふる》い知り合いなの。お茶でも冷まして飲むほど、健康に気づかってる人が、どうして河豚の肝なんか平気で食べるんだか……」

「人に恨まれてるようなことはなかったの」

「そりゃ、大ありですよ。あのトシで、ご乱行の噂が絶えなかったって」

伊代はちょっとまわりを見回して、声をひそめた。

「美しい奥さまの他に、芸者あがりのお妾さんが二人もいるのよ、それなのになぜそこらの茶屋の娘にまで手を出すんだか……。お金と食べ物ばかりじゃない、女にも貪欲なのね、こう言っちゃなんだけどあれは天罰……というか、まあ天のお返しじゃないの」

ああ、長居しちゃった、お大事に……、と喋るだけ喋ると伊代はそそくさと立ち上がり、からころと庭石に下駄の音をたてて立ち去った。

花瓶にまた菊の花が増えた。

翌朝も、お瑛はまだ起きられずにいた。

お白州は明日に迫っているのだ。じっと天井を眺めながら〝天のお返し〟について思い巡らした。能登屋さんは、何かのお返しを受けた？　そう考えていると、早々と市兵衛が顔を出した。

「おかみさん、昨夜、能登屋の手代を紹介してもらいましたよ。ええ、三蔵《さんぞう》というんですが、手前と年が同じなんでね、一杯呑《や》ろうかと誘うと、ついてきたんです。どうやらあの大旦那は、大変な道楽者で、つまり……」

と小指を立ててみせる。

「女癖がよろしくないってわけね」

「そうなんです。あそこに奉公する女衆は、飯炊きから奥向きの女中まで、みなお手付きなんだそうで」

「ふーん」

大店の旦那衆には、よく聞く話ではある。

「中でも、あの旦那とお奈津《なつ》さん……番頭さんの女房ですが、この二人の仲は公然の秘密だったそうですよ。知らぬは亭主ばかりなりで……」

能登屋に奉公していた奈津は、その頃まだ手代だった七つ年上の藤吉《とうきち》と恋仲になった。それを知った大旦那が仲人になって、五年前に祝言をあげたのである。

子を産んでからも、店が忙しい時など手伝いに来たが、もともと美人だったのがむっちりと色艶が増し、磨きがかかったように色気が出てきたという。

夫の藤吉は真面目でよく働いたから、二番番頭に出世し、地方出張が多くなっていた。

ある時、三蔵というその手代が、番頭の留守中に探し物をしていて奥の客間に入り、あられもない光景を見てしまった。

真っ昼間、部屋の隅の暗がりで、男女が裸になって睦《むつ》みあっていたのである。いや、それがまさか、あの大旦那と藤吉の女房とは、その時は逆上していて、分からなかった。ただ、乱れた着物の柄、はだけた裾から出ていた真っ白な太腿が、瞼に焼き付いて離れなかった。

見覚えのある着物の柄からして、あの奈津に違いない。亭主の留守中にけしからぬ、と気が揉めるやら腹が立つやら。思い切って他の番頭に打ち明けてみたら、おまえ知らなかったのか、と笑われたのだという。

大旦那と奈津の仲は祝言前からだったらしい。それが子を産んで色気が出てから、またぞろ復活してしまった。亭主の留守を狙って料理茶屋に呼び出したり、寮（別荘）に招いたり。奈津がどう思って出かけていたかは不明だが、断りにくかったのは確かだろう。

「ふう、面白すぎる」

お瑛は溜め息まじりに呟いた。

「それでご亭主が知らないとしたら、ただの馬鹿だね」

「しかし、断れば亭主の出世にも響いたでしょうね。おかみさん、あの日、魚徳で同席していた番頭は、何と、この藤吉なんですよ。この番頭は真面目なんで、旦那によく可愛がられ、腹心だったんだそうです」

「へえ、分からないもんだね」

お瑛と市兵衛は、目を見合わせた。

「当日の席順を訊いてみた？」

「もちろんです。大旦那と番頭が並び、向かいに客人二人が並んだとか。この大旦那と番頭の間には、気に入りの仲居がいて、ずっと給仕や酌をしてたそうですよ」

この藤吉が女房の不倫を知っていれば、主人を殺める動機が確かにある。しかし問題は、どうやってそれを実行出来るかだ。調理場に入れるわけはなく、皆の視線の届いている中で、この人が何を出来るだろう。

ああ、それと……と市兵衛が思い出したように言った。

「能登屋さんがあの日、天婦羅を残したのは、お昼が少し遅かっただけなんだそうで」

藤吉のことを考えてみる。

財力にあかせて、河豚や、軍鶏肉《しゃも》や、スッポンなど、高価で滋養に富んだものを貪《むさぼ》り食い、一方で見境いなしに女体を貪る主人を終始そばで見ていて、一体何を思っていたことか。

いや、藤吉だけではない。あの主人を快く思わぬ第二第三の藤吉が、あの油屋にはもっと多くいるのではないだろうか。じっと横になっていると、あらぬ妄想が駆け巡る。河豚の毒を誰かが……。

物売りの声が、ひっきりなしに横町を抜けて行った。聞くともなしにその声を聞いているうち、頭の奥の方で、ふと蠢《うごめ》くものがあった。一つ一つ当てはめていくと、ただの思いつきにしては符合するものがある。

これは確かめた方がいい。そう囁く声が、しきりに頭の奥から聞こえてくる。

なおもお瑛はしばらく考えていたが、八つ（午後三時）を過ぎた頃、むっくりと起き上がった。ふらつく身体で着替えを始めていると、お茶を持って入って来たお初が声をあげた。

「お、お嬢さま、何をしておいでで……」

「あたし、ちょっと出かけて来ます」

「いけませんたら、今が大事な時ですよ。ご用があれば、この初が参りますから」

「そうはいかないの」

きっぱりとお瑛は言った。

お初は慌てて、着付けを手伝い始める。お瑛がこの口調で言い出した時は、どうにもならないと知っているのだ。

「その代わりお嬢さま、駕籠をお使いなさいまし。それと、一人歩きはいけません。お民をお連れになって下さい」

「一人で大丈夫、すぐそこまでだから。駕籠は裏につけておくれ」

鏡を覗き、窶《やつ》れた顔に紅を差しながらにべもなく言う。

5

本町三丁目の薬種問屋の前で駕籠を下り、そこに待たせておいて、少しの間、番頭と話し込んだ。

予想どおりの手応えがあったので、また駕籠に戻って日本橋通りを南に下る。日本橋を渡って数寄屋町まで行ってもらい、能登屋の前で下りた。ここで料金を払い、駕籠を帰す。

能登屋は間口五間半の大店だが、まだ表戸を閉ざしていた。

海鼠塀《なまこ》に沿って横町を入って行くと、裏口の戸が開いていて、荷の出し入れをしている様子である。

戸口から顔を覗かせてみた。油問屋独特の匂いが、むっと鼻先を掠める。老人が土間に腰を屈めて、何かの作業をしていた。

「あの、すみません、手代の三蔵さんはおいでですか」

声をかけると、老人は顔を上げた。

「ああ、三蔵なら、それそこに……おい、三蔵、お客さまだ」

すぐに奥から小柄で色黒な若者が出て来た。

お瑛は市兵衛の名を言って誘い出し、また土蔵の海鼠塀に沿って、横町をさらに回り込んだ
「忙しいところ呼び出してすまないね」

角を曲がった辺りで、やおら三蔵に向き合った。

「市さんに話を聞いたんだけど、もう一つだけ教えてほしいの。こちらの大旦那さまが亡くなった日、お昼ご飯が遅かったそうね。給仕したのはどなた？」

「え、それが何か……？」

三蔵は警戒心を顔に漂わせた。

「いえ、そんな大したことじゃないの、ただ何を出したか材料を知りたいだけ。河豚と食べ合わせの悪いものがあったかどうか、参考までに調べてるのよ」

「あれは、お千《せん》という子だけど」

「そう、お千さん。いま中にいたら、ここに呼んで頂けない？」

お瑛は紙にくるんだ心付けをそっと押しつける。三蔵は頷いてそれを受け取り、軽い会釈をして戻って行った。ややあって十七、八の、大柄な娘が小走りに近づいて来た。

「あの、千ですが、何か……？」

目のくりくりした、明るい娘である。お瑛は、この子はまだあの旦那の餌食《えじき》になっていないと感じた。安堵しつつ、三蔵に言ったのと同じことを繰り返した。

「ああ、そんなことですか。ええ、お出ししたのは茸《きのこ》鍋ですけど」

そんな瑣末事をわざわざ訊きに来たのか、と意外そうだった。

茸……とお瑛は呟いて思わず微笑する。予想どおりだ。

「茸なら食べ合わせはないわね。ちなみにどんな種類？」

「シメジ、ナメコ、舞茸、椎茸……。大旦那さまは美味しいと仰って、たくさん召し上がって下さいました」

「そう、それは何よりでした。茸はどこから買ったわけ？」

「はい、天秤で売りに来る、茸売りのおじさんから、あたしが買いました……」

「ああ、この時期によく売りに来る人でしょう。で、調理するのもお千さん？」

娘は頷いた。大旦那さまは外出が多く、帰りの時間がまちまちなので、お昼だけはお千が担当し、ごく簡単なものを調理して出すという。

「あの日は、お昼が少し遅かったそうね」

「ええ、遅いというほどじゃなかったけど、番頭さんが……」

「藤吉さんね？」

思わず言った。

「はい、お味だけは、番頭さんが見て下さるんです。その番頭さんが、大旦那さまと話し込んでいらして、なかなか出てみえなくて」

「番頭さんがお味をみるわけ？」

「大旦那さまは、ほら、お味にうるさい方でしょう。だから番頭さんが味見をして、お塩や醤油を足したりしてくれるんです」

「なるほど。その番頭さんが、大旦那さまをお引き止めしてたわけね。ありがとう、助かりました」

お瑛は頷いた。この娘にも心付けをはずんだ。


お千と別れて歩きだした時、軽いめまいに襲われて、お瑛は思わず土塀に手をついた。大地が斜めに揺らいで見えた。

日本橋通りまで出たら、空《から》の駕籠がすぐに見つかるはずだ。しかしこのふらつく足で、人馬や荷車が激しく往来する通りに出るのはきつい。

お民を連れて来るべきだった、と後悔が胸を走り抜ける。

道を透かし見ると、蔵が建ち並ぶ路地の先に、堀が見えている。堀端まで行けば、柳の木の下に茶店が出ているかもしれない。

その縁台に腰を下ろして一休み出来たら……。そんな期待にすがりつき、表通りとは逆の方向に向かった。堀端の道に出てみたが、茶店らしいものは見当たらない。人の姿もなかった。お瑛はすっかり落胆して、ふらふらと柳の木に寄って行った。

その時だった。

不意に背筋に強い痛みを感じ、前のめりになった。一瞬、めまいかと思ったが、違う。背後から殴られたのだ。

振り向こうとしたが、今度は激しく突き飛ばされ、必死で柳の木にしがみついた。木がなければ、堀に転がり落ちていたかもしれない。何が起こったのか。混乱の中で、必死に相手を探った。屈強な男のようだ。背後から首に回った手はざらついて大きい、もがきながら目の下に見た足は、太く、毛深かった。

グイグイと首を締めつけてくる。人通りの絶えた間に済ませようと急いでいるのか。自分を失神させ堀に蹴り落とそうとしている……。恐怖で全身が竦《すく》み上がった。

懸命にもがいたが、病み上がりで力が出ない。

無我夢中で、唇が触れた毛深い腕に嚙みついた。血の味に混じって、男の体臭が感じられた。

ウッ……。低いうめき声が相手から漏れ、手の力が緩《ゆる》んだ。その隙に男の腕から滑り出る。勢いでよろよろと地面に這いつくばって、激しく咳き込んだが、お瑛は渾身の力で叫んだ。

「おやめなさい、藤吉さん！」

ほとんど無意識に、その名が口から飛び出した。

はっと相手の動きが止まった。男の着物には、先ほど裏口から店を覗いた時に鼻を掠めた、あの独特の匂いが染み付いていたのである。

図星だったのだろう。一瞬のその隙に、すかさずお瑛はもう一声、叩き込んだ。

「ここであたしを殺《あや》めたら、あんたはお終いよ！」

懐から匕首《あいくち》を出しかけて、相手は釘付けになった。初めてその顔をまともに見上げた。手拭いで隠しているが、まぎれもなく商人風である。

「あんたは悪党じゃない、あれはやむにやまれずやったこと。一刻も早く自首し、申し開きをしたら、きっと死罪は免れます」

匕首が激しく震えるのが見えた。全身がぶるぶると震えだし、匕首はやがてポロリと手から落ちた。

それを見届けたとたん、お瑛から張りつめたものが失せ、気を失った。


「毒茸に気づいたきっかけ……？」

再び臥した病床で、人に訊かれるままお瑛は上機嫌で話した。

「ほら、この季節にはよく茸売りが来るじゃない」

〝きのこきのこ、穫りたてぇー、上総《かずさ》のきのこ〟の声を耳にしていて、ふと思い出した話があったのだ。

あれは何年前だったか、信州から反物を背負ってきた老人から聞いて、強く印象に残った。最近その人の住む村で、毒茸を食用茸と間違えて食し、一家五人が全員死亡する事件があったと。

それはドクツルタケといい、薄暗いブナ林などでよく見かける。一本で一人が死ぬほど猛毒だが、鶴のように純白で清楚な外見を持ち、シロマツタケモドキなる茸と瓜ふたつだという。こちらは食べると美味で、マツタケとよく似た味だった。

秋雨の通り過ぎた後の静かな林で、茸探しに疲れた頃合い、雨滴を吸って生き生きと息づくこの美しいドクツルタケに出会うと、目利きの茸名人でさえも、死神ならぬ天女に誘われるように幻惑されてしまうのだとか。

食べてから発症までは、半日から一日かかり、激烈な苦しみのあげくほとんどが死に至る……。

老人がそう話したのを覚えているが、お瑛はそのことを、薬種問屋に寄って確かめた。この時、河豚毒の発症は、一刻半（三時間）から半日ほどとも聞いた。

発症までのこの時間差をうまく利用できないか？

つまり先に毒茸を食べさせて、河豚毒に当たったと見せかけることは可能かどうか。それが出来たら、ほとんど疑われずに人を殺めることが出来るだろう。

幸か不幸か能登屋弐左衛門は、食通という名の〝悪食《あくじき》〟である。かれが河豚で死ねば、〝ついに当たったか〟と頷く者は多いが、怪しむ者などいないだろう。

そこに着目して、殺しの計画を練る者がいたかもしれぬ……。

お瑛はそう考えたのだ。それが出来る人物としては、何といっても藤吉が最有力だろう。かれは主人の腹心で、その行動予定を事前に把握する立場にある。

また商用で地方出張が多いから、極秘で毒茸を入手するツテも、他の人よりは探しやすいはずだ。

昼食が遅かったのは、毒の発症時間を調整するため、おそらくかれが主人を引き止めていたとも考えられる。


藤吉はあの後、お瑛を駕籠に乗せて蜻蛉屋に送り届けてから、自首したという。

かれの告白によると——使った茸は出張先で頼んでおいたドクツルタケで、前日に入手していた。申し訳ないことをしたと思うが後悔していない、今はどんな刑罰も受ける覚悟だ、と言っているそうな。それよりも女房のお奈津が、藤吉の自首を聞いて行方が分からなくなったことに心を痛めているという。

徳次郎には殺しの意図はもちろん、肝を扱う上での落ち度もなかったのだ。だが、たとえ強要されてのこととはいえ、危険なものを調理したことで、〝急度《きっと》お叱り〟のお仕置きを受け、当分は店を閉めて謹慎することになった。

お瑛が床上げしたのは、寝ついてからすでに十日、小春日和の日差しの有り難い、暖かい日だった。

その日の夕方は、ささやかな内輪の祝宴を張った。お客は誠蔵と、十日間ほとんど一人で店をこなした市兵衛の二人。

暮れ六つに暖簾を外し、奥の座敷に皆が集まった時、思いがけない届け物があった。魚徳の若い衆が大きな岡持ちを届けてきたのだ。

それには徳次郎の短い手紙が添えられていた。

〝全快目出たく存じ候。貴宅へ馳せ参じたきところなれど、謹慎中の身なれば……〟とそこには家から出られぬ事情が記され、さらに〝もう一つだけ申し上げたきことあり〟とある。

実のところを申すなら、肝の調理は、旦那さまから強要されてのことではなかったのだと。毒肝に包丁を入れるのは、私の無上の喜びだった、というのである。

能登屋は、かれにとって好敵手だった。

少しばかり毒の分量を増やしてやると、それに気づいた向こうさまが大喜びし、帰りには、あの程度では何事もないぞ、と万才してお帰りになった。店にお見えになる時は、今日はもう少しピリピリを増やせ、と目配せする。

こうしてお互いさまに、危険水域に入っていたのは疑いの余地がない。お互いさまに好敵手というより、神をも怖れぬ共犯者、いつかこんなことがあろうかと……いつか天のお返しがあろうかと、そう覚悟していたというのである。

手紙を置いて、お瑛は岡持ちを開けた。

そこには大きな伊万里の絵皿が入っており、見事な河豚の薄づくりが広がっていた。その透明な肉の下からは、伊万里の美しい模様が透けて見えている。

実に繊細な包丁による菊盛りで、まるで皿の中央に白い大輪の菊が咲き誇っているように見えた。

覗き込んだ三人は、息を呑んで見守った。菊が薫り立ってくるようだった。

第五話　行き暮れて、紅葉

1

橋の袂から河原に下りる石段は、崩れかけていた。

一段下るごとに、古びた橋の裏や橋桁が見えてきて、何だか時間を遡《さかのぼ》っていくように感じられた。

雨はいきなり降りだした。

朝からからりと晴れた秋日和で、雨具の用意などお瑛は考えもしなかった。深川までは船で行き、商用を済ませると陽はまだ高くぽかぽかと暖かかった。

のどかな陽にきらきら光る小名木川を眺めるうち、この辺りに仙人寺という寺があるのを思い出したのだ。

確か橋を二つ三つ遡った辺り、と聞いた覚えがある。

その寺に知人の墓所があるはずだった。杵屋《きね》という日本橋の木綿問屋で、つい数年前まで隆盛をきわめていた豪商である。白木綿を大量に安く融通してもらうなど、お瑛は何かと世話になったが、その主人が妾宅で急死し、菩提寺の仙人寺に葬られたと聞いている。

口さがない人々に腹上死を囁かれ、界隈では話題になったが、それと期を同じくして杵屋は傾きだした。

旦那の後を追うようにその妻が病没し、店を継いだ若旦那は贅沢禁令に引っ掛かって、財産没収の憂き目を見た。一家は夜逃げして、今は行方知れず。そのことをお瑛はずっと気にしていた。

いい機会だから墓参りをしておこうか、とふと思った。滅多に来る場所ではないのだから。

幸い足ごしらえはしっかりしているし、急げば次の船が出るまでに、帰って来れるかもしれない。そう思い立つや、お瑛は歩きだしていた。

この小名木川は、家康公が小名木某なる武士に命じて掘らせた川といわれ、内陸の中川と大川を結ぶ水路である。

お瑛は土手の滝木の美しい紅葉を眺め、対岸に続く武家屋敷の塀を眺めながら、足を急がせた。しかしのどかな風景は続くが、行けども行けども、寺は見つからない。

通りがかりの人に訊いたところ、その寺は砂村新田の方ではないかと言う。砂村新田とは！　とんだ方向違いだ。そんな遠くまではとても行かれない。

橋を二つ三つ遡った辺りとは、自分の記憶違いだったか。

折りから日が翳《かげ》り始め、何だか雲行きが怪しくなっている。

お瑛は墓参を諦めて、来た道を足早に戻りだした。少し戻った辺りで、パラパラと雨滴が草木をうつ音がして、箒《ほうき》で掃《は》くようにサササッ……と細い雨が降りかかってきたのだ。

ひんやりと冷たい秋時雨《しぐれ》である。予想もしていなかった成り行きに慌てて手拭いで髷《まげ》を覆い、裾をからげて、土手の道を走った。

雨宿りする場所などどこにもない一本道である。

だが行く手に遠く、橋が見えていた。あの橋の下なら、この通り雨を何とかやり過ごせるかもしれない。

お瑛は走りながら、河原に下る道を探した。古い石段を見つけた時はほっとし、滝木につかまりつつ夢中で駆け下りたのだった。

石段はくの字に曲がっており、下り切った所がちょうど橋桁《はしげた》だった。その下に逃げ込んで、やれやれと思った。

とたんにぎょっと立ち竦《すく》んだ。思いがけなくも、薄暗い中にすでに先客がいるではないか。

頭上にのしかかるような巾広の橋の下で、火が焚《た》かれ、何人かの人がそれを囲んで座っている。お瑛は震え上がった。とんでもない所に来てしまったらしい。こんな所で焚き火してる男たちとはおそらく浮浪人だろう。

「や……だいぶ濡れなさったな」

手前に座っていた男が振り返って言った。

「さあ、この火で着物を干しなされ」

見たところ身なりはきちんとしており、どうやら浮浪人ではなさそうなことに、ほっとした。その押し出しのいい風体や、丁寧な言葉使い、口跡《こうせき》のいい朗々とした話しぶりから、格のあるどこぞの大店の旦那衆とも思われる。

「ああ、心配しなさらんでいい」

かれはお瑛の不安を察して言った。

「あたしはすぐこの対岸で薪炭を商《あきな》う商人です。それ、そちらからご覧なさい、ちょっとだけ屋根が見えましょう」

かれが指し示すとおりに、橋のもう一方の側から首を出してみた。顔に冷たい雨が降りかかったが、お瑛はそこから見えた風景に息を呑んだ。

低い土手の向こうに蔵の屋根が見えており、紅葉した木々がそれを取り巻いている。冷雨《ひさめ》に当たったその紅葉が、まるで炎のように真っ赤に燃えたって見えたのだ。

「すぐ近くに家は見えても、いかんせん、あそこまで走ればずぶ濡れですわ。ちょいと雨宿りしようと、ここに飛び込んでみると、もうこのとおりの先客で……」

かれはおっとりと笑った。

お瑛は安堵して、焚き火を囲む人々を観察した。

漁師風に見える中年男、物売りらしい小柄な老人、旅姿の屈強そうなお侍、白髪の老女、職人風のずんぐりした若い男……。その人々は、新客を歓迎するように無言で少しずつ位置をずれ、莚《ござ》の一部を空けてくれたのである。

「まあ、すみません、では甘えさせて頂いて……」

お瑛がそこに割り込んで腰を下ろすと、隣りの老女が、火をかき起こしながら呟いた。

「陽が出てると暖かだが、雨になると何だかひえひえするねえ」

深い皺が寄っているが、その顔のどこかに、微《かす》かな艶《なまめ》かしさが残っている。

「どこまで行ってきなすったかね」

「仙人寺まで行きたかったけど、引き返してきたんです。あんまり遠すぎて」

「仙人寺が？　どうしてだい、もう通り過ぎちまったよ」

「あら？」

「このすぐ近くにあって、土手からよう見えてるわ」

「まあ、注意して見てたつもりなのに。人に訊いたら砂村新田と言われたんで……」

「砂村新田とは、まあ……。川に化かされたかね」

「ははは……知らない土地とはそんなもんですよ」

先ほどの薪炭商が朗らかに笑って言った。

「このあたしも日本橋まで行って、迷いに迷ったことがあります。あの町には、似たような掘割が幾つもあるんですな。地図どおりに歩いてるつもりが、どこがどこだか分からなくなってくる。目的の店がどうにも見つからない。ちょっと人に訊けばいいものを、まだ若かったんですかね、田舎者扱いされたくないと突っ張って……。だが行き暮れてついに人に訊いたら、なに、すぐそばに見えていたって話。ははは……」

誰も笑いもせずしんと押し黙っているが、お瑛だけは、内心頷いていた。確かに日本橋は堀が多く、考えごとをして歩いていると、住み馴れたお瑛でも道を間違えることがあった。

雨は沛然《はいぜん》として降り続ける。

川は心なし水量が増したように見え、水音も高くなったようだった。雨に塗り込められたこんな橋の下では、これだけ人が集まっていても、何がなし心細く感じられる。

だが一つ火を囲んでいると、幾らか親しみも出てきたか、そのうち漁師風の、真っ黒に日焼けした、ずんぐりした男が思い出したように呟いた。

「いや、何かに化かされるってのは、ないことじゃない」

「おやおや、何か経験がおありですかな」

薪炭商が、座を盛り上げるように言った。かれは商売柄か、たえず周囲の枯れ枝をかき集めたり、ポキポキ折り溜めたりして、焚き火に放り込んでいる。

「いや、わしゃ、この川で船頭やっとるもんだがね。これで昔は漁師だった。ま、海坊主か何か知らんが、海に化かされたことが何度もありますよ」

男はごそごそと煙管と莨を取り出して言う。

「例えば、たまにホトケさんがかかった時だね」

そんな時は、ナンマイダ、ナンマイダ……と経を唱えて、向こうに流れて行ってもらい、決して引き上げたり、届け出たりはしないものだという。

「だがどういうわけだか、そんな時に限って舵《かじ》が壊れたりして、方向が分からなくなっちまうんだな。気がつきゃ、同じ所をぐるぐる回っておって、気の太い荒くれ者でもぞっとさせられます。まあ、海じゃよくあることだが……」

皆は沈黙して聞いていて、誰も何とも言わない。雨の音がやけに高く聞こえた。

「ああ、いよいよ降ってきましたな」

薪炭商が呟いて、枯れ枝をわし摑みにして盛大に火の中に放り込んだ。炎がパッと上がる。

「こんな雨の日は、鰻がよく釣れるんですよ。穴釣りにもってこいの日和ですわ。雨が上がったらちょいと出かけますかね」

「あ、そういえば……」

濡れた袂を順番に火にかざしていたお瑛が、初めて口を挟んだ。

「この小名木川は、鰻が釣れるんでしたっけね。以前、聞いたことがあります」

人の話についつい耳を傾けるうち、何だか自分まで、遠い記憶が甦るような気がしてきたのだ。この川に鰻釣りに行ったという人の話を思い出したのだが、はて、あれは誰のことで、いつ聞いた話だったのか。お瑛は記憶を探ってみる。

「そうそう、この川底が石組みだから水が濁らないんですな。雨が降ると護岸の石垣なんかに逃げ込んでるから、それを蚯蚓《みみず》で誘い出すんですわ」

「釣りがお好きなんですね」

　お瑛は言った。

「そう、あたしは海釣りもするが、渓流釣りも鰻釣りもします。特に鰻は好物だから、こんな日は尻がむずむずしますよ」

　パチパチとはぜて飛ぶ火の粉を、片手で払いながら、薪炭商はお瑛を見て明るい笑顔になった。

2

「……鰻といえば、旦那さん、こんな話聞いたことあるかね」

　鉛色《にび》にぬめって流れる川を眺めて莨を吸っていた老人が、沈黙を破って言った。色が真っ黒で、痩せており、干し魚を思わすような小柄な老人である。

「この辺りじゃよく聞く話なんだがね」

喉に痰がからむらしく、しきりに咳払いをしながら言った。

ある蕎麦屋に、ある日、一人の客がやってきて蕎麦を食った。何かの話のついでに、鰻の穴釣りを道楽にしている主人が穴釣りの話を持ち出すと、客は、鰻は穴に潜んで気持ちよく休んでいるのだから、そこを釣り出すのは罪深いことだ、穴釣りだけはやめなさい、と言い置いて帰ったという。

だがその日は大雨が降って、穴釣りに絶好の日和だった。

主人は客の忠告などすっかり忘れ、勇んで出かけていき、いつになく大きな鰻を釣り上げた。家に持ち帰って舌なめずりしながら捌《さば》いてみると、鰻の腹から蕎麦がどっと出てきたという。

「ははあ、言われてみると、聞いたことがありますな」

薪炭商は頷いた。

「まさか実話でもないんでしょうがねえ……。しかし、そういう話は痛しかゆしですよ。殺生を気にしだすと、魚釣りの道楽は出来なくなるんで」

「道楽に殺生はいかんてことですよ」

先ほどの船頭が口を挟んだ。

「わしも若い時分、釣り好きでしてねえ。海に出ない日でも、竿を担いで一人で川に出かけるほどで……。いつだったか、ある川の上流で、鮎を三十匹くらいも釣り上げたことがあるんです。夢中になってるうち夜も更《ふ》けて、かなり草臥《くたび》れちまった。わしは少し仮眠しようと思ってね、独言《ひとりごと》を言ったんだ。どれ、ひと眠りして明け方にもう一度仕掛けるか、とね」

皆はしんとして、焚き火の炎で赤くなったり翳ったりするその顔を見つめた。

「すると、耳元で囁く声が聞こえたんだ。もうそのくらいでいいでしょう、と……。もちろん人っこ一人いない渓谷ですわ。その声は谷の奥深い所から聞こえたような気がしたね。そんなことが二、三度重なったんで、わしは漁師をやめたんですわ」

「……面白い話ですな」

薪炭商が呟いた。

「しかし、おたく、魚を食べるのはやめんでしょうが」

「そりゃ、ま、生きるためにしょうがないからねえ。ただ、道楽の魚釣りは真っ先にやめましたよ、きっぱりね。そのうち漁師も嫌になってやめたんだ」

「ふむ、なるほどねえ」

薪炭商は何かを思い出すように、口を噤《つぐ》んだ。

「旦那も、何か心当たりでも？」

船頭が水を向けると、薪炭商は首をすくめて、チラとお瑛に視線を走らせた。

「いや、あたしはきわめて現実的な人間なんで、そう不思議な話なんて何一つありませんがね」

独特のよく響く声で笑ったが、腕組みをし、何かしら物思いに沈む様子である。

すると色黒の老人が、咳払いして言った。

「しかしまあ、人間、少し長く生きてりゃ、何かしら妙なことの一つ二つはありまさあね」

「おや、これはご老人。何か面白い話がおありですかね」

薪炭商が顔を上げ、気を取り直したように朗らかに言った。

「ま、ないでもないが……」

「面白いところをひとつ、披露してくださいよ。川の音ばかりじっと聞いていると、気が滅入って仕方がない」

「いや、わしゃあ出商《であきな》いで、小間物を売るしか能のない男でしてのう。たいした話もありませんや。若い時分は、赤蛙や柳虫を穫って売ったもんで、へえ、蛇も売りましたよ」

「蝮の黒焼きかえ？」

老女が眉を上げて言った。

「いや、全部生きたもんばかりでさ。お客に注文されれば、その場で割《さ》いて売るんです。上手いもんでしたよ。しかし年をとると、生き物は面倒になってねえ……」

「で、小間物に替えたんで？」

老人が黙り込むので、薪炭商が間《あい》の手を入れる。

「まあそうです。そんなようなわけで、これといって面白い話なんぞないんだが、ただ……」

老人は盛大に咳こみ、喉の奥で痰をごろごろさせて、また黙り込んだ。

「じいさん、もったいぶるなって」

今まで一言も発しなかった若い男が、いらいらしたようにペッと唾を吐いて言った。

「あ、いや、そんなんじゃないんだが……」

言うかどうか迷っていたらしく、老人は首を振り、咳払いしてやっと話し始めた。

これはもう、十年も前のことでね。わしもまだ五十そこそこでしたよ。そういえば、あの日もこんなうすら寒い秋雨が降っててねえ。

いや、実を言うと、さっきからわしはあの日のことが思い出されて仕方がねえんですよ。

何もかもが、今日とそっくりなんで。ええ、出先でこんなふうに俄雨《にわかあめ》に降られて、雨宿りの場所を探してね。どうにも見つからなくて、やっぱりこんな橋の下に飛び込んだんですわ。いえ、この橋じゃありませんよ。

そこじゃもちろん、こんな焚き火はしておらんでしたがのう。

ただ……。最初、わしは気がつかなくて、そこらの乾いた石に腰を下ろし莨を吸い始めたんです。

そのうちふと誰かに見られてるような気がしてきてね。辺りを見回して、飛び上がるほど仰天しました。

川を挟んだ向こう岸に、女の子が立っていたんでさ。年は七つか八つくらいかな……。幼女と少女の間くらいの年頃ですかね、わしには女と子どものことは、よく分かりませんが。

赤いべべ着たおかっぱ頭の子が、そこに突っ立って、じっとこちらを見ていたんでさ。

ええっ、と思った。幽霊じゃないか、と目をしばたたいた。どうしてそんな小さな子が、そんな所にいるのか。

親や連れがいる気配もなく、その子は一人で立ってるんで。卵に目鼻とでもいうんですかね、色白で目のぱっちりした、そりゃ可愛い子でしたよ。

「嬢ちゃん、どうしたんだ」

わしはそう声をかけた。だがその子は黙りこくって、何も言わないんだ。普通、その年頃の子どもなら、泣くとか喚くとか騒ぐもんでしょうが。

見つけた以上、放っておくわけにもいかんでな。連れにはぐれて雨にあい、そこに逃げ込んだのかもしれない。あるいは親に叱られて、川に飛び込む気かもしれない。

わしは雨の中、橋を渡って、反対側の岸まで走りましたよ。

そばに行って、女の子に触れてみて、またまた驚いた。髪も着物も、ぐっしょり濡れてるじゃありませんか。そして胸に人形を抱いていたのです。

何を訊いても答えない。だがおぼろげながら、事情が呑み込めてきました。どうやら、コトの起こりは、何かの具合で人形を川に流してしまったんだ。川に入って拾い上げたものの、子どもだから自分も流されてしまった。おそらくこの橋桁に引っ掛かって、助かったんでしょう。

何とか岸に這い上がったが、あまりの恐ろしい体験に、一時的に記憶が途切れてしまった……そんなところじゃないかと見当がついたんですわ。

迷子なら、番所かどこかに連れて行かなきゃいかん。だがともかくこれじゃ風邪をひいちまう。

とりあえずわしは手拭いで髪や手や顔を拭いてやり、濡れた子をおぶって、家に連れ帰ったんです。

家は門前仲町で、そう、富岡八幡宮の近くでしてね。その時わしは、女房も子もおらん独り身でした。

いえ、若い時分に所帯を持ったことはあるんですよ。ええ、下谷のごみごみした裏《うら》店《だな》でね、金はないがそれなりの暮らしでした。しかし旅が多くて、嫁さん泣かせの商売だったんで。ある時、信州の方へ旅して帰って来たら、女房はいなかったんですわ。しばらく待ってみたが、嫌で出てった者が、帰って来るわけもない。諦めて深川に移ってきたようなわけで。それからずっと一人暮らしというわけです。

その家に連れて行くと、濡れた着物を脱がせて、わしの浴衣を着せ、温かい粥を食べさせた。それでも女の子は、相変わらず何も言わないんですわ。だが、まあ、いいってことさ、明日になったら番所に連れて行くんだから。

ひとまず寝かせました。床は一つしかないんで仕方がない、一つ床で、背中合わせで寝ましたわな。

翌日になると、女の子はよく眠って少し元気になっていた。心なしふっくらして、表情も和《やわ》らぎ、前夜より可愛くなったようで。

相変わらず言葉はなかったですが、言うとおり素直に動くし、呑み込みも早く、どこがおかしいとも思えない、立居振る舞はおっとりしているし、纏っていた着物も、加賀友禅の上等なものだった。おそらくどこか大店の、蝶よ花よのお嬢ちゃんかもしれないと思いましたよ。

何だか手放すのが、惜しくなりましてねえ。

あ、そんな妙な目つきはよして下さいよ。ヘンな意味じゃないんだから。子どもはまだ黙りこくっておるし、顔色も良くない、もう少し養生させた方がよかろう、とは子どもに情を移した親心でしてね、何の不思議もありませんや。

もう一日手許で養生させて、それから自身番に届けても遅くはない。そう考えてわしは、その子を家に置いたんですわ。

それがずるずる二日三日と続いたんです。

女の子も、何故か外に出たがらないんで。留守番させておけば、部屋でおとなしく人形と遊んでおる。不思議といえば、不思議な子でしたねえ。

飯を炊けば、ちゃんと食べてくれるし、身体を拭いてやれば嫌がりもせずおとなしく拭かせてくれる。夜は一つ床で寝てくれる。抱いてやると、放すまでじっと身体を寄せていてくれる……。

いや、ヘンな想像しないで下さいよ。五十の坂に手の届くわしに、邪心がありようもない、孫のような幼子ですからね。ただ、まあ、家族運のないわしには、何かしらそんな存在が必要だったのかもしれない。

正直なところ、わしはこの子を手放したくなかった。

この子の静かさ、ぬくもり、甘い匂い、すべすべした白い肌、じっと見つめる黒い瞳……そのすべてが、可愛くてねえ。

しかしこれ以上長屋に置いちゃ、怪しまれます。早いとこ自身番に届け、引き取り手がなかったら、晴れて貰い受け養女にすればいい、わしだってそうちゃんと分かっていましたよ。

しかしすでに親から届けが出ていたらどうしよう。もし引き取り手が名乗り出たら……。そう思うと恐ろしくて、わしは四日めに、子どもを旅に連れ出したのです。

と言うても、一度行ったことのある湯河原《ゆがわら》までだったが。博打もやらず、酒も呑まないわしは、多少の蓄えがあった。それをすべて持ち出して、海辺の温泉で一と月ほど過ごしました。

かったです。

孫の転地養生と偽っていたから、誰にも怪しまれなかった。毎日湯に入れてやり、着物を買ってやって着替えさせたり、日の当たる縁側で髪を梳いてやったり、夜は抱いて一つ床で寝ました。正直、金さえ続いたらずっと続けたかったです。

だがそうもいかず、またのこのこ富岡の裏店に戻って来た。そこでとうとう運の尽き……というか、手が後《うしろ》に回っちまったんです。大家さんが怪しんで岡っ引きに申し出て、わしの帰りを待ち構えておったんですな。

お取り調べじゃ、もちろん何もかも正直に話しましたよ。だが、何が何でも〝幼女誘拐〟にしたかったんでしょうよ、誰も信じてくれんのです。

ところが、幼女誘拐の証明がつかない。女児が行方不明になったとか、誘拐されたなどという被害届け出は、どこからも出ておらなかったんですから。

そうこうするうち、わしと引き離されたその子が、いなくなってしまった。どこかへ隠したのだろうと拷問まで受けたが、小伝馬町の牢におったわしが、どこに隠せるはずもない。そのうち放免されましたよ。

あの子がいなくなって、初めてわしは寂しいと思った。

女房がいなくなった時は、しくじったな、とは思ったが寂しくはなかったのに。あの子から見りゃ、わしは祖父《じい》さん同様だ。そんな冷えた年寄りにじっと抱かれている……あの地熱のようなぬくもりが、何とも愛《いとお》しくてねえ。

わしはあちこち探し歩きましたよ。

雨の日になってふと思いついたのが、あの子を初めて見つけた橋の下でした。もちろんあんな幼な子が、そこまで戻って来れるわけはない。雨の中、わしが背負って半刻近くかけて帰った道だ、覚えられるはずがないんだ。

だがまあ、念のため、とそこまで行ってみたんです。ま、ただの自己満足でね。

ところがです。あの子はそこにいたんです。

その姿を見た瞬間、わしは水を浴びたように全身が総毛立った。前と同じように全身ぐっしょり濡れ、人形を抱いた小さな女の子が、向こう岸にじっと立っておるではありませんか。

どうしてあの子がここに来れたのか。

どうしてまた着物が濡れているのか。

正直、わしは怖くなり、近寄ることも出来なかったですよ。もしかしたらこの子は先回りしてここに来て、このじいさんを待っていたんじゃないのか。わしのもとでは、その子は生きられる……。

だが引き取れば、また同じことが繰り返されるんじゃないか。そんな気がして、思うだに恐ろしくてねえ。今度はもう声もかけず、逃げ帰った……。

「というようなわけでして、はい、それだけのことですわ。それからは二度とそこへは行ってませんよ」

3

「おいおい、じいさん、気色《きしよく》悪い話はよしてくれよ。その橋の下って、ここじゃねえのかい」

若者は不快げに、濃い眉をひそめている。

「いや、ここじゃないと言いましたよ」

「……ふふん、どうだか。あんた、もっと何か隠してんじゃねえのかい。いずれ、その子を強姦して川に捨てたとか何とか、大方《おおかた》そんなところだろ」

「お若いの、年寄りと思ってなめていなさるのかね。妙な言いがかりは黙っちゃいませんぜ」

呟きながら、懐で匕首らしいものを探っている様子だ。

「蝮を、わしほど上手く捌く者はいないと言われた腕でね。背骨に沿って、スッと薄く割いていくのが、ふふふ……何とも言えん快感でしてな」

「だったら、どうしてその子につきまとわれるんだよ」

若者は怖いもの知らずらしい。自分も懐に手を突っ込んだまま、下駄の先で、燃えさしを火の中に蹴り込んだ。

お瑛は恐ろしく、はらはらして見守った。

「おれ、似たような実話を知ってるんだぜ。可愛い幼な子を犯した男がいるんだが、無理なことをしたんで、死んじまった。しょうがないんで川に流した。それからってもの、同じくらいの年頃の女の子を見ると、怖くて仕方がねえってわけさ」

その男がある夜、川の側を歩いていたら、誰かが背後から追ってくる。恐ろしくなって早足で歩いたが、相手は追い越していった。

その後《うしろ》姿をよく見ると、知り合いの女だった。

ほっとして、追いついて話しかけた。どこかで一杯やらねえか、何だかこんな夜は嫌なものに出会いそうでいけねえ、とね。すると相手は、嫌なものってどんな……と言って振り向いた。それは殺した少女の顔だったとさ。

「兄さん、いい加減におしよ」

焚き火をかき回していた老女が、ぴしりと言った。

「洒落の分からないお人だねえ、おまえさん。このお方がそうだと言いなさるんなら、そうなんだよ。それともおまえさん、ほんとは自分が怖いんじゃないのかい。ほれ、いま言っただろ。誰かを殺して川に流したと。それ、おまえさんのことじゃないのかい」

「冗談じゃねえやい。わけの分からねえ、理屈の通らぬ話が、大嫌《でえ》いなだけでさ」

若者はペッと唾を吐き、黙り込んだ。

思わずお瑛は、その若者の顔を見た。

言われてみれば、周囲を睨みつけるその目は、角張った大きな顔や濃い立派な眉に比してひどく小さく、おどおどして見える。もしかしたらかれは自分の秘密に耐えられず、口に出してしまったのかもしれない。

「兄さんのまわりは、理屈の通ったことばっかりかい」

「決まってらあな」

「つまんない男だねえ、おまえさん、岡っ引きかね？」

「大工だよ」

「ふん、だから、曲尺《かねじゃく》できっちり測れないと収まらないってか。洒落にもなんないよ。ともかく人の話は黙って聞くもんだ」

するとかっとしたように、若い男は言った。

「ばあさん、どこかで見かけたと思ったら、深川で客を引いてなかったかい。確かあの女郎は……昔は売れっ子の辰巳芸者だったが、ああ、そうそう、男を刺して……」

何か重大なことを思い出したように言いかけた。

「これ、やめんか、お若いの」

たしなめるように口を挟んだのは、火から少し離れていた旅姿のお侍だった。

「おばばどのの言うとおり、人の話はよく聞いて腹に収めるもんでござるぞ、特に男はな」

みな驚いて、はっとそちらを見た。

それまで火を見つめたまま黙っていたから、お武家さまはこんな他愛ない座談には加わらないものだと、お瑛も思っていた。

見たところがっしりして屈強そうで、頬髭におおわれた面長なその顔は、お瑛より一つ二つ上に思われる。若者はそれきり黙り込んでしまった。

「いや、それがし、長州の者でござってな。藩命によりここ二年、全国を旅して参った。あちこち歩いて見聞を広めてきたが、理屈の通らぬことに遭遇する方が多かった。

世の中はそんなものかと、堅物《かたぶつ》で通ってきたそれがしも、今は丸くなり申した」

武士は少し苦笑して言い、それきり口を噤んだ。

静寂が戻ってくると、それまで忘れていた雨の音が急に高く聞こえた。いっこうにやまないばかりか、風も出てきて、濡れた落ち葉が雨と共に、舞い込んでくる。

皆は溜め息混じりにそれを眺めた。

「……で、お武家さま、その、説明のつかぬこととは例えばどんなことで？」

長い静寂に耐えきれないのか、薪炭商が先を促した。

「ああ、それはもう、いろいろあり申してな……」

武士は炎を見ながら、少し考えていたが、

「まあ、難しい話は別として……そう、こんなことがござった。駿河の国境《くにざかい》に、あれは何と言う川だろうか、古戦場とか何とかべつに曰《いわ》く因縁も聞かぬ、美しい川がござっての」

それは大きく蛇行しながら流れているせいなのか、緑の景観に恵まれ、風光明媚な川だった。

ただ橋が少ないのは、深くて川巾があるため、架橋には資材がかかって大変だかららしい。

その武士は、うらうらした春の日、街道を葦毛《あしげ》の馬で旅していてその川に突き当たった。案内の標識を見ると、そこから橋までは、川沿いの道をかなり下らなければならない。

川を見渡したところ、少し上流の辺りに浅瀬が見えている。馬だから、何も橋まで行かなくてもいいのではないか。あそこを突き切って渡れば時間が大いに節約できるだろう。

そう考えたかれは、すぐに馬首をそちらに巡らし、跑足《だくあし》でそこまで駆けたのである。

するとその岸に、思いがけなくも三人の武士がいた。

いた、というより放り出されていたという印象である。一人は倒れ、あとの二人は河原にへたりこんでいた。その着衣はぼろぼろに裂け、髪は落武者さながらにざんばらだった。

かれは驚いて馬から下り、倒れている者を抱き起こし揺り動かした。死んではいなかったが、誰もが虚《うつ》けたように空に目を向け、心ここにあらずの状態である。

「どうしたのだ、何があったのだ」

呟き込むようにして問い糾《ただ》したが、三人とも口を噤んで首を振るばかり。何も覚え

ていないらしい。だがその顔は引きつっていて、瓜のように真っ青だった

「申せ、何があった。追いはぎか、強盗か」

「…………」

相変わらず、誰一人何とも言わない。

何だ、こいつら、いい大人が三人も雁首並べ、狸にでも化かされたか。馬鹿馬鹿しい、こちらは先を急ぐ身なれば、こんな連中に構っている暇はない。

そう思った武士は、ごめん、と言い置いて馬上の人となった。三人をそのまま河原に捨て置いて、手綱をとり馬の腹を蹴って、川に入ろうとした。そのとたんである、背後から鋭い声が飛んできたのだ。

「いかん、そこを渡っちゃいかん！」

ぎょっとなって、振り返った。河原にへたりこんでいる中の、最年少とおぼしき一人が、真っ青な顔をこちらに向けている。

「何故なんだ、ここは浅瀬じゃないのか。わけを説明してもらおう」

「…………」

「貴公ら、ここを渡ってきたのだろう？」

「…………」

　ふと辺りを見回すと馬はいない。かといって彼らの衣服は、濡れてはいない。どうやって川を渡ったのか。どうにもわけが分からなかった。

「いったい何があったのだ、馬はどこだ」

「……………」

「ええい、付き合っておれんわ、ごめん」

　かれは叫んで、馬の腹を蹴った。

　見たところ、川はその辺りが浅瀬になっていて、透きとおったせせらぎが、美しく川底の砂を見せている。

　対岸には何かの花が白くむらむらと咲いており、川にまでも枝を差しのべている。茂みで小鳥がさえずり、晴れ渡った空からは春の陽がさんさんと降り注ぐ。

　何が襲ってくるのかは知らないが、いずれ熊ん蜂か野犬の群れだろう、来るなら来い。怖くはないわ。

　そんな意気込みでかれは手綱を引き締め、それっ、とかけ声をかけ、歯を食いしばって川の中に入って行った。

　何事も起こりはしなかった……かに思えたのだ。よく考えれば、ほんの微かに身体が浮いたように感じたような気がするが、何事もなく川を渡ったはずだ……。

だが気がついた時、かれは向こう岸の河原で、仰向けに倒れていたのである。目を開くと天上高く、澄んだ青空が見えた。

着衣は濡れてはいないが、剃刀《かみそり》で切られたようにぼろぼろに裂かれていた。髪は元結いが切れてざんばら。背中に括《くく》りつけた荷は無事だったが、長刀は紛失し、片手に脇差しを握りしめている……という有様だった。

はっとして周囲を見回したが、愛馬の姿がない。どこへ行ってしまったか、きょろきょろ探しても見当たらない。いったいわが身と愛馬に何があったのか、幾ら記憶を探ってみても、何ひとつ頭に残っていないのである

呆然として振り返ると、川は先ほどと変わりなく美しい水底を見せ、穏やかに流れている。ただ何故かもう日は傾いており、対岸の者たちの姿もなかった。

心底疲れを覚え、考える気力もなかった。

ぼんやりしているうち、少し離れた所に馬がいるのに気がついた。やれ、嬉し……。よろけながら立ち上がった。

その馬は、白い地毛に黒と茶の毛が少し混じった葦毛である。

だがこの時、遠くから見る限り、白毛に点々と赤い色が散っているように見えている。あれは何だろう。

何だか嫌な気がして側に寄ってみると、それは血でつけられた手の跡だった。小さな血の手型が、ぺたぺたと無数に馬の胴まわりを覆っていたのだった。

「……それ以来、馬は川を見ると怯え……水溜まりさえも怖がるようになり申した」

武士は低い声で呟くように言い、すぐ側で音をたてて流れる川に、ふと怯えたような視線を向けた。

「いつだったか、馬が川の中央で前足立ちになっての……。それでその馬を手放した次第でござる」

皆は黙りこくって火を眺めていた。

「しかしあの、一体……それは何だったんですかねえ」

船頭が寒そうに手をこすり合わせ、身を乗り出すようにして、おそるおそる訊いた。

「さて、分からん」

武士は首を傾げてボソリと言った。

「ただ、よくよく思い出してみると……」

何かたくさんの声が聞こえていたような気が、おぼろにするのだという。今もその微かな唸りのような声の残滓《ざんし》が、耳の奥に聞こえることがあるという。

「あの無数の手の跡からしても、もしかしたら傷ついた大勢の人が手を差し出す中を、馬で疾走したのかもしれない」

その川の中でねえ、と船頭は溜め息まじりに独り言を呟き、ぶるりと胴震いした。

「やっぱり……川に化かされなすったんじゃな」

老女が呟いた。

4

「ああ、あたしにも一つだけ言わせて下さい。いや、不思議といえば不思議なことが、このあたしにもあるんですよ」

薪炭商が、枯れ枝をくべながら言った。

雨はもう小降りになっている。だが何となくこの焚き火のまわりを離れがたいように、皆は身動きもせずに、薪炭商の押し出しのいい顔を見やった。

「いや、他でもない、おたくさんのことなんだが……」

急に顔を覗き込まれて、お瑛は飛び上がるほど驚いた。

「え、あたしのことですか？　まあ、何でしょう、あたしがどうかしましたか？」

「いや、突然、妙なことを言い出して申し訳ありません。ただ、おたくさん、もしかしたら、日本橋のお方では……？」

「ええっ」

お瑛はまじまじと相手の顔を見つめた。

まったく見覚えのない顔である。少なくとも常連客ではない。だが商売柄、お瑛は人に見られることが多い。自分は気がつかなくとも、どこかで出会っていたのかもしれない。

「ええ、そのとおりでございますよ。今日は日本橋から、お商売の話で深川まで参りましたの。もしかしたら蜻蛉屋に、お運び頂いたことがありましたっけ？」

「蜻蛉屋……」

かれは呟いて首を傾げた。

「名前は失念しましたが、確かお家は、骨董を扱う道具屋ではありませんか」

「そのとおりでございます、以前のことですが……」

お瑛は思わず破顔して、何度も大きく頷いた。そういうことなのか、義父の代のお客さまだったのだ。

「義父の店が、その道具屋でした。そうでしたか、そちらにお越し頂いたことがおありなんですね？」

「いや、そうじゃないんだが……お父上はお元気ですか？」

「もうずいぶん前に亡くなりました」

「はあ、そうでしたか、それはそれは……」

かれはじっとお瑛の顔を見て、微笑んだ。

「うーん、まだ面影がありますな。幼い頃の感じがよう残っていますわ……ああ、そうだ、思い出しました。おエイと言いなさる……お瑛ちゃんでしたっけ」

「まあ」

いろいろ言い当てられて、お瑛はくすぐったく、少しばかり気味悪くもあった。

「ずいぶんよくご存知なんですねえ。義父のお知り合いなのは確かでございましょう？」

「いえいえ。二度ばかりお会いしただけですよ。お瑛さん、あたしの顔に見覚えはありませんか」

顔をつるりと撫でて言う。

お瑛は何がなし胸の底がヒヤリとした。

自分はこの人に、過去のどこかで会っているらしいのだ。かれはそれをよく覚えていて、こちらを焦《じ》らしている。だがこちらは幾らまじまじ見つめても、何も浮かんでこないのだ。

「ああ、もう降参です。名前まで覚えて頂いているのに、あたしは少しも思い出しません。失礼申し上げます」

お瑛はぺこりと頭を下げた。

「でももうどうか堪忍して下さって、教えて下さいませ。一体どこでお会いしたんでございますか？」

「いや、あたしもね、先ほどから不思議で仕方なかったんです」

かれは相変わらず微笑を浮かべて言った。

「一目、お会いした時から見覚えあるような気がしましてね。しかしあたしが知っているのは、先ほどの話じゃないが五、六歳の少女だ。こんな妙齢のご婦人のお顔を見て、そんな少女のことを思い出すとは、よくよくねえ……」

「ええ、もう三十近い妙齢でございますけど。でも、そんな昔のあたしを、どこでどう見覚えておいでなのでしょう」

「ははは……お瑛さん、川で溺れたことがあるでしょう」

ズバリ言った。

「ええっ、あたしが川で溺れた？」

はっとして、胸の鼓動が激しくなった。

何か思い出しそうな気がしたが、記憶の先の方は曖昧にぼやけ、はっきりとは立ち上がってこない。本当にそんなことがあったかしらん。

「川って……どこの？」

「この小名木川ですよ、ほら桜の花の咲く頃」

「そんなことはないと思うけど……」

言いかけて、不意に頭の奥で何かがはじけた。

一つの映像が鮮やかに閃いたのである。

小さな女の子が、着物の重みでうつぶせになり、桜の花びらの散る川を流されていく。赤い着物が水に滲み、まるで大きな花が流れていくようだ。そう、それはまぎれもなく自分の姿だ。

流されていく自分を上から見ている、不思議な感覚だった。

そうだ、そういえば大昔、そんなことがあったかもしれない……。ようやくそんな気がし始めた。桜見物やらお祭りやらで、一家で深川に来たことが何度かあるのだ。

父親に置き去りにされたお瑛を慰めようと、義理の両親はいろいろと行楽を考え出し、お弁当を持って、揃って郊外に連れ出してくれたものなのだ。

「ああ、そう、そういえば……」

だんだんと記憶が開いていく。

そう、手毬《てまり》だ……何かのはずみで手毬を川に落としてしまったことがあるような気がする。大雨が降ったかで、水かさが多く、流れがひどく速い川だった。あたしは取ろうとして手を伸ばし、自分も落ちてしまったんだっけ。

その時、義父は……そこにはいなかった。何かの用でそばを離れており、そばにいたのはお豊だけだった。誰か、誰か……と叫びつつ、川べりを追って走る義母の姿。

真っ赤な着物を水に浮かせて流されていく娘。

自分は流されていて見えるはずもないのに、その光景が、くっきり目の奥に浮かんでいた。

「ああ、思い出されましたな」

薪炭商が微笑んで頷いた。

「溺れるお嬢ちゃんをお助けした男……それがこのあたしですよ」

「まあ……」

驚きで言葉もなかった。

誰かに助けられたというような記憶は、まったくない。浮かび上がった記憶は流されていく自分の姿だけ。だがこうして生きている以上、誰かが助けてくれたのだ。

薪炭商の話では、たまたま近くにいたかれが、濁流渦巻く川に飛び込んで助け上げたのだという。

そのうち義父が戻って来て、平身低頭で礼を言ったらしい。それだけではまだ気持ちが済まなかったらしい。

「お父上は後日にも、わざわざ家を訪ねてくれましてね、過分なお礼を頂きましたよ。本当にご丁寧な方でした」

ああ、そうだったのか。思えば確かにそんなことがあったような気がする。すっかり忘れていたことを思い、熱いものがこみ上げてきた。

だがその時、もう一つのことが、不意に記憶の底から浮かび上がってきたのである。それはたぶん十歳ぐらいの頃で、お豊から聞いた覚えがある。

思い出した瞬間、お瑛は深いめまいを覚えた。

何か氷にでも浸かったような悪寒に震え、立ち上がろうとして、その場に尻餅をついてしまった。

お豊は確かこう言った。

〝おまえを助けてくれたあのお方ね、亡くなったそうだよ。鰻釣りに出かけて足を滑らせたんだって……〟

そうだった、小名木川で鰻がとれる話は、あの時お豊から聞いたのだった。

ほとんど反射的に這ってその場を逃れ、何とか立ち上がって、転げるように出口の方へ走った。いや、まさか……とひどい混乱の中で、お豊の言葉を反芻《はんすう》する。

まさか、そんな……あたしの記憶違いかもしれない。

皆呆れて見守っているのではないか、という思いに駆られ、橋の下から出る時、思わずお瑛は背後を振り返った。だがそこには誰もいなかった。薄暗い闇を湛《たた》えているだけで、焚き火の古い燃え跡が黒々と残っているばかり。

一瞬、凍りついた目を遠くに彷徨《さまよ》わせた。濡れた河岸の石組みが見えた。よく考えればあの位置から、対岸の家の屋根や木々が見えるはずもなかったのだ。

あれは……とお瑛は震える思いで悟った。

すべて見えるはずがないものばかり。

すべてが幻。

亡者だったのだ。

あの薪炭商も、老女も、船頭も、物売りの老人も、お侍も、若者も、おそらく自ら語ったような事情によって、いつかこの川で溺死した亡者たちだろう。この時ならぬ雨に誘われて迷い出て来たか。それともこの川があたしを化かしたのか。

雨上がりのひんやりした空気の中、お瑛はこけつ転《まろ》びつ、夢中で石段を駆け上がった。濡れているので何度も滑り、手も足も泥だらけになった。

上がりきってほっとした。

やれやれという思いで、自分の着物を見回してみて、髪が逆立ちそうになった。着物にはぺたぺたと赤いものが貼り付いているではないか。

それは血塗られた手の跡として、目に飛び込んだ。

総毛立ち、狂女のように帯を解きかけて、お瑛は全身の力が抜けるような気がした。

よく見るとそれは真っ赤な紅葉……。

たぶん焚き火を囲んで亡者と話をしていた時に、どこからともなく吹き寄せられてきた紅葉であった。

第六話　雪の山茶花《さざんか》

1

「……すごい混みようだこと」

寒そうに手を両袖に突っ込み、胸を抱えるようにして、お瑛は長い列の最後に並んだ。お民が一緒だった。

参詣者の列は鳥居から溢れ出て、暗い田んぼの中道までえんえん続いている。

「でも、お酉《とり》さまって、いつもこうじゃありませんか」

お民が周囲を見回しながら言う。

「でもこの人出の多さときたら、いつもと違うねえ」

もしかしたら毎年毎年、今年が一番……とぼやきながら、こうして並んでいるのかもしれないが。

振り返ると、つい今まで最後尾だったのに、すでに背後にもう長い列ができているのだ。

「今年は三の酉がないんだねえ……」「お酉さまに来ねえと一年が締まらねえや……」

「今年のお酉さんは寒うござんすね」

ガヤガヤと皆は勝手なことを言い、列は賑やかにざわめきたっている。それでも少しずつ進んでいく。

提灯であかあかと照らされた鳥居をくぐる時は、ほっと心が和《なご》んだ。ここからは両側に熊手を飾りつけた派手な出店が、石段ぎりぎりまで続いているのだ。

いよーっ、三本締めぇっ……。誰かが高価で大きな熊手を買うたび、景気のいいかけ声が湧き起こる。

手打ちの音が響き、どよめきが闇を揺らす。

周囲から押されながら、そんな光景を見ていたお瑛は、ふと群衆の一人に目を止めた。お詣りを終えてぞろぞろと戻って来る人の中に、見知った顔を見たのだ。

あれは……。

そう、その男ぶりのいい若者は、建具職人の弥之助《みのすけ》に違いなかった。向こうもすぐ気がついたようで、身動きとれない中をかき分けて、声をかけてきた。

「おかみさん、お久しぶりで」

「まあ、弥之《みの》さん、しばらくじゃない」

「ご無沙汰ばかりでどうも。お変わりありませんか？」

「おかげさまで。今年はずいぶん混んでるのねえ」

「なに、もうすぐです」

かれは振り返るようにして言った。

「いい熊手、見つけて下さいよ」

「有り難う」

「またいずれ……」

背後から押されながら、互いに早口で言い合い、そのうちまた……と言った時はもうすれ違っていた。

だがすれ違う時、弥之助にしなだれかかるようにしている隣りの女を、お瑛は素早く目に収めていた。細面の美形だが、派手な化粧や着物から、蓮っぱな商売女のようだった。

「おかみさん、お知り合いですか」

お民の言葉に、ええ、とお瑛は軽く頷いたきり黙り込んだ。何か、ザラリと胸に引っ掛かるものがあって、これは何だろうと考えていたのだ。

弥之助はいつもと変わりなく腰が低く、そつがなかった。だがあんな短いありきたりな挨拶を交《か》わしただけなのに、強い違和感を覚えたのはなぜだろう。

まずは、あの派手な女を同伴していたのが気になった。

だがそろそろ二十六になろうという弥之助が、誰とどうしようと、どうでもいい。まだ独り身だもの、誰と遊んで悪いわけもなかった。

お瑛の気持ちを刺激したのは、かれの目だった。目が合った瞬間、何かしらぞっとするような暗いものを、そこに見たような気がしたのだ。その目は、いつになくぎらぎらした強い光を放って、お瑛の目を射《い》た。

そう感じるのは自分の気の弱りかしらとも思う。

このところ風邪で寝込み、溜まった仕事に追われたりで、年の瀬を控えて少し神経質になっているのは分かっている。

とはいえ、それればかりではない……。

お瑛は、弥之助のことをよく知っていた。自分の友達としてではなく、年下の女友達の想い人として。

お春《はる》は、新材木町に大店を張る建具問屋住吉屋の一人娘である。

このお春と、もう七、八年前から、お茶のお稽古で一緒だった。お瑛が蜻蛉屋を開いた時は、いの一番にお客になってくれた。お春から姉のように慕われ、何につけ身の上相談をもちかけられもした。

店の奉公人の弥之助に熱を上げ、かれのことなら何でも話してくれた。

丹後の出身で、両親は早くみまかったこと。十五の年に、材木商を営む伯父に連れられて江戸に出て来て、住吉屋に奉公したこと。美男子で見た目は頼りなさそうだが、その実、細心で、真面目で、愚直な、芯の太い男であること。

またそうでなくては、鉋《かんな》研ぎ十年といわれる建具師には、とてもなれないことも、お春から教わっていた。弥之助は今では腕がいいと評判の建具職人で、確かもう建具師として一人立ちしているはずである。

そんな細やかで慎重なかれが、近隣の人がこぞって出かけるお酉さまに、なぜあんな目立つ女とくっつき合ってお参りに来たのだろう。お瑛に出会っても慌てるでもなく、隠すふうもなかった。

そのことと、あの強い目の光が、お瑛の中でねじれたように結びつく。かれの中で、何か心境の変化が起こっているのかもしれない。

例えば、誰にどう見られようとどうでもいい、と捨て鉢な気分になっているとか——。

お瑛はお参りを済ませ、いつものように出店をひやかして熊手を買ったが、家に帰り着くまで、そんな暗い考えを払い落とせないままだった。

実を言うと、あの弥之助について、世間に隠されたことがもう一つある。お瑛はそれを知る、数少ない部外者の一人だったのだ。

弥之助は住吉屋に奉公した時から、お春が好きだった。

目がクリッと大きく、肌が真っ白なお春は、笑うと花のように華やいで周囲を明るくする娘だった。そのこぼれるような愛嬌を、家人ばかりでなく、奉公人にも平等に注いでいたのだ。

地方から出て来たばかりの弥之助にとって、お春のあの天真爛漫な笑顔がなかったら、江戸の空はどんなに寒々しく見えたことだろう。

お春にとってもまた、四つ年上の弥之助が身近にいたことが救いだった。実母は早くに亡くなり、後妻と養育係に育てられたから、商家の奥に閉じ込められた窮屈な娘時代を、夢を抱いて過ごすことが出来たのだ。

二人はいつしか愛し合うようになり、将来を誓い合っていた。

お春の父親は碁会所にまで連れて行くほど娘を溺愛していた、ぜひともいい相手に嫁がせたいと、次々と縁談を持ち込んできた。

だがお春は見向きもせずに断り続けたのだ。

父は怪しみ、誰か胸に秘める相手がいるのかと問いつめて、初めてお春と弥之助の、浅からぬ仲を知ったのである。

ことの次第を聞いた住吉屋和兵衛《わへえ》は、べつに驚くわけでもなく、奇妙なほど落ち着いていたという。反対するでもなく、叱るでもない。でっぷりした身体を長火鉢のそばに張り付け、煙管を吸いつつ長いこと考え込んでいた。

やがてかれは若い二人を自室に呼んで、言った。

住吉屋には、後を継ぐべき長男がいる。だから可愛い一人娘を、惚れた男に嫁がせるのに、まったく異存はない。

だが弥之助はまだ半人前ではないか、嫁を取るには早すぎる。それを考えるのは、もう少し修業し、まがりなりにも建具師と名乗れるだけの腕になってからでも遅くはあるまい。

そのためにも、あと三年、何も考えずに修業しろ。

ついては住吉屋の師匠筋にあたる建具師が京にいる。弥之助はその人物のもとで、みっちり働いて来い。三年辛抱して帰った暁には、あたしも二人の将来を真剣に考えよう。

こう言い渡された弥之助は、よく納得した。決意も新たに京に上ったのが二十二で、お春が十八の時だった。

かの地では、お春に手紙を書く暇すら惜しんで、脇目もふらずにひたすら働き学んだ。三年たった時は、建具師としての技能をあらかた身につけ、一人立ちして大丈夫の太鼓判を押されるまでになっていた。

めでたく日本橋に戻って来たのが、この夏のことである。

十五の時から徒弟奉公をして十年。あと一年お礼奉公をすれば、一人立ち出来るという希望に満ちた年回りだった。

ところがこの時、住吉屋に、かれを迎えるお春の姿はなかった。すでに別の男のもとに嫁いだことを、弥之助は、ここで初めて知らされたのである。

相手は、兵藤《ひょうどう》某なる武士だった。お春を見初め、かねてから嫁にほしいと熱心に申し入れていたという。御作事奉行を務める人の嫡男というから、そこそこ格の高い武家だろう。

「おまえには申し訳ないことをした」

和兵衛は頭を下げた。

「むろんあたしはお断りしたんだが、何ぶんにも先方は世話になっているお武家さまのご子息だ。父御に熱心に頼み込まれては、とても断り切れるものじゃない。さぞ無念だろうが、ここはあたしの顔を立てて、諦めてもらいたい。辛抱してくれれば、あと一年のお礼奉公は免除しよう。一人立ちし、いい嫁を探して所帯を持つまで、あたしが親代わりとなって面倒みさせてもらうよ」

そう引導を渡されたという。

しかし話を聞いた弥之助は、血相を変えた。お春の気持ちを知りたい、お春に会わせてほしいと、この時ばかりは声を荒げて詰め寄ったのだ。

側にいた番頭がそれを制し、そのまま別室に引っ張って行って、理を説いたのである。

おまえが一人前になったのは誰のおかげと思っておる。

世話になったその旦那さまが、奉公人のおまえに、あのように頭を下げて、謝っておられるんじゃないか。先方が古い付き合いのお武家さまとあれば、断り切れない義理がある。お春さまもそれを知っていたからこそ、涙を呑んで首を縦に振りなさったのだ。

そりゃ約束が違《たが》えられたのは面白くなかろうが、旦那さまはそれを詫び、相応の見返りを約束して下さっておるではないか。お嬢さまのお相手は、旦那さまも古い付き合いでやむなくお決めになったこと。

一介の奉公人のおまえが、若い一時の気迷いを本気にして、一体、何さまのつもりでいるのか。

ここでおまえがへたに騒ぐと、旦那さまだけでなく、お春さまの顔にも泥を塗ることになる。それればかりかおまえだって、すべてを失うことになりかねないのだぞ……。

これを聞いて、弥之助は涙し、深く頭を下げたという。

「お言葉、骨身に沁みて、ようく分かりました。お嬢さんと一緒になろうなどと夢見た手前は、よくよくの身の程知らず、若気の至りとしか言い様がございません。これを胆《きも》に銘じ、今後は心を入れ替えて精進いたしますので、どうか旦那さまによしなに謝っておくんなさい」

その言葉を伝え聞いた和兵衛は、大いに喜んだ。

さっそく弥之助を建具師として一人立ちさせるため、住吉屋の奉公人の身分から解放した。小伝馬町の裏店に住まいを見つけてやり、仕事をどんどん回すようにもなったというのである。

それで和兵衛の気持ちはすんだかもしれないが、弥之助はどうだろう、とお瑛は改めて考えずにはいなかった。

自暴自棄になり、淋しさを別の何かで解消しているとしたら、痛ましいことだ。この江戸の町は、男を破滅に導く悪所には不自由しない所なのだから。

2

それからしばらく、お瑛は仕事にまぎれて過ごした。

お豊の容態も好転せず、相変わらず床から出ることが出来ない。介護やら、冬支度やらと、日々のことにも人並みに追われていた。

気になりつつも薄らいでいた弥之助のことが、再び胸に浮上したのは、二の酉も間近な頃である。

たまたま根津権現の近くまで行く用ができたのだ。その近くの団子坂に、お春と親しい人物が住んでいた。お峯《みね》といい、お春の養育係を十年近く務めた人である。

その人なら若い二人の消息に通じているかもしれない。

せっかくの機会だから立ち寄って、ご機嫌伺いにこと寄せて訊いてみようか。そう思いたったのだ。

お峯は、下級武士の娘で、若い頃は大奥に奉公していたが、母親の介護のため御殿下がりをした。それからは、団子坂の家で、礼儀作法と読み書きを教えていたらしい。

お春が生まれた時、和兵衛はお峯の評判を聞き込んで、養育係として住吉屋に入ってくれるよう頼み込んだという。

ゆくゆくは娘を武家に嫁がせたいと、和兵衛は密かに考えていた。そのために、幼時から武家の子女の礼法を仕込みたかったようだ。

お峯はいったんは断った。だがその後も執拗に請《こ》われて、数年後に母親が他界してから、住吉屋に入ったのである。

親から譲り受けた家は、そのまま庭番の老爺に任せていつでも帰れるようにしておいた。たまにお春を連れて、里帰りすることもあったようだ。

「お峯の家は眺望《ながめ》がいいのよ。海が見えるし、お庭は山茶花《さざんか》に囲まれてそれは気持ちいいの」

お春がよくそう言っていたのを覚えている。

お峯は、お春と共に、蜻蛉屋にもよく足を運んでくれた。もの柔らかな女性だが、どこか打ち解けないところがあって、お瑛にはいささか苦手な相手だった。おそらく武士の娘という矜持《きょうじ》が邪魔し、どこかしら人を寄せ付けない権高《けんだか》な感じを相手に与えるのだ。

お春には心を開いていたようで、嫁ぐ時は、お峯を連れて行くと言い張ったという。だがすでに六十近かったお峯は、それを固辞し、今は団子坂の家でひっそり暮らしていると聞く。

お瑛は、団子坂下で駕籠を下り、ゆっくり坂を上っていった。あのお峯を訪ねるのは、いささか気骨が折れる。

正直なところ途中で引き返そうかと思い、振り返ると、目の下はるかに江戸湾が、小春日和の陽にきらきら輝いて見えた。その景色を見るうちまた思い直した。今なら少しは話が出来るかもしれないと。

その家は案外すぐに見つかった。

それは生け垣に囲まれた、崩れかけたような屋敷だった。門は閉ざされており、門柱に『小堀《こぼり》』と古びた標札が出ている。

お瑛は生け垣の破れ目から庭に入った。

玄関で案内を乞うたが、誰も出て来ない。

留守であれば帰ろうとほっとした気分でいると、どこかで人声がしている。耳を澄ますと、裏の方でがやがやと複数の男の声がする。お客さまかしら、とそちらにおそるおそる回ってみた。

そこで見た光景は、何かしら異様に思われた。

母屋と渡り廊下で繋がっている離れには、広い座敷と、茶室があった。そこへ若い侍が数人、どかどか土足で上がっているのだった。

よく見ると、長いこと使っていなかったのだろう。座敷には雨漏りがして、畳の一部が腐っている。

何事だろうと、そばに突っ立っている小間使いらしい少女に訊いてみると、事情はこうだった。

お峯はこの広い屋敷を売ろうと周旋屋に頼んでおいたところ、買い手が現れた。団子坂の下にある剣道の道場主である。

下見に来た道場主は気に入って、どこをどう建て直すか、見取り図の作成のため、改めて門下の者を派遣してよこしたのだ。

あいにくお峯は膝を悪くして動けないので、お玉《たま》という小間使いが案内しているところだという。

お瑛はしばらく庭に佇んで、若者らがどしどしと足音高く畳の上を歩き回るのを見ていた。

かれらはそのうち渡り廊下を伝って、どやどやと母屋へ入った。

古びて木目が浮いているがよく磨かれた廊下、畳は茶色になっているが掃除の行き届いた座敷……。その上をかれらは、相変わらず土足のまま歩き回っている。

すでに玄関脇の客間に通されていたお瑛は、じっとその音を聞いていた。障子や襖を乱暴に開け閉めする音、天井を刀の先で突つく音。まるで廃屋のように傍若無人に振る舞っているようだ。

突然がらりと襖が開いた時は、それまで喉元までこみ上げていた怒りが、頭まで突き上げた。

「あっ、誰かいるぞ」
二十二、三の若者が入り口に突っ立ったまま、意外そうに言った。
いて悪うござんした、と胸の内で思い、それから先の言葉が口から飛び出してしまった。

「あのう、恐れ入りますけど、お履物は脱いで頂けませんか」

「何だと？」

若い男は目を丸くした。

「私は、ここの主を訪ねて参った者ですが、家に上がる時は履物を脱いで参りました。それが当たり前と……」

「ああ、当たり前だ、当たり前の家ならな。だがここは見てのとおりのお化け屋敷だ、うっかり履物を脱いだら怪我をする」

「確かに離れの方は、傷みが激しいようにお見受けしました。でもこちらの母屋にはお峯さんが住んでおいでで、このとおり、ちゃんと手入れも行き届いております」

「へえ、それは気がつかなかった。しかし脱ぐか脱がぬかは、それがしの勝手だ、おまえの指図は受けぬ」

若侍は薄笑いを浮かべ、言い放つ。

「それは失礼申し上げました。でもふつう、人さまの家に土足で上がり込むのは、火消しか、押し込み強盗と相場が決まっておりませんか」

「なにぃ、この女、言わせておけば図に乗って……」

若侍はにわかにいきりたち、草履のままずかずか座敷に踏み込んで来た。

「われらを愚弄するとは、不届き千万。女、首をつないでおきたければ、土下座して謝れ」

「何を大仰なことを。謝るいわれなどありません」

お瑛は座ったまま言い返した。

だが胸の内では混乱していた。何てことだ。こんなことを言いにここに来たわけではない。突っ張ればいい結果にはならないのは目に見えている、だが言わずにはいられなかった。

「難しいことは何ひとつ申しておりません。他人の家に土足で上がるのは、無礼だと申しているだけでございますよ」

この時はもう、他の者たちもこの部屋に集まって来ていて、かたずを呑んで成り行きを見守っている。

「黙れ、そもそも他人の家に上がり込んでおるのは、おまえの方だ」

侍の方も引くに引けなくなって、声を張り上げた。

「ここは、片桐《かたぎり》道場が買い上げたのだ。わが師範は……流……の四代片桐……さまで、ご先祖は将軍様の……」

頭にカッと血が上って、相手の口上が途切れ途切れにしか聞きとれなかった。相手はすでに、腰のものに手をかけているのである。

こんな稚《おさな》い若造の手にかかるなんて、と口惜しかった。相手が稚拙な男であればあるほど、刀を抜く危険度は高いのだった。だがお瑛は謝る気になれない。行くところまで行くしかない。

「謝らなければ、女だからとて容赦はせんぞ」

座敷は凍りついたように静まり返り、お瑛はこめかみを血が流れるドクドクという音を聞いていた。

その時だった。

横のつぎはぎだらけの襖がするすると開いたのである。

そこにちんまりと正座して、ぴったりとおでこを畳にすりつけている六十がらみの女は、この家の主、お峯に違いない。小柄な華奢な身体に、きっちりと着物を着込んでいるのは、さすが礼法の師範と思わせる。

「怖れながら申し上げます」

お峯は、顔を上げて六十近いとは思えぬ甲高い声で言う。細い小さな顔には白粉さえはたいており、細い目で侍を睨みつけていた。

「片桐さまはこの家を、まだお買い上げになってはおられません」

「何イ、おまえは誰だ……」

「ああ、申し遅れました。手前はこの家の主、小堀峯《こぼり》にございます。むさくるしい賎《しず》が家でございまして、ご無礼のだんどうぞお許し下さいませ」

「………」

「お調べ頂けば明らかなことですが、お譲りするかどうか、まだお返事を差し上げておりません。ですからここは小堀家のもの。もしここで、刃傷沙汰でもございましたら、他家に押し入っての狼藉となりかねません。それでは伝統ある道場のお名に傷がつきましょう。ここはどうかお引き取り下さいませ」

「おい、帰ろう、もう用は済んだ……」

出鼻をくじかれた侍に、他の者らが声をかけ退去を促した。

若侍はなおぶつぶつ言い、もみ合っていたが、皆に引っ張られる格好で、部屋を出て行った。

お瑛はその場にへたりこんでしまった。

3

「ほんとにお武家さまって、嫌ですねえ」

お峯は、お玉の揉み療治を受けながら、声をひそめて言った。自分もその出身であるのをとうに忘れたようだ。

曲がらない膝を、無理に曲げて正座したため、男たちが引き上げるや倒れてしまい、動くことも出来ないのだった。

「一昨日、片桐さまが見に来られたと思ったら、いきなり今日は門下の方々が押しかけて見えて……。こちらを死に損ないの婆《ばば》と見て、この屋敷は自分らのものと思い込んだんでしょう」

「本当にお売りになるんですか、お峯さん」

「冗談じゃありません、あたしゃ、売りませんよ。あんな無礼な連中に誰が売るもんか……。お瑛さんが勇敢に叱って下さって、胸がスッとしましたよ」

「いえ、勇敢どころか、あたし、腰が抜けちゃって。お峯さんこそさすがでしたわ。あの間合いで出て来て下さらなかったら、どうなっていたかしら」

お瑛が首を撫でながら言うと、

「いえもう、膝が痛くて……。あれでおとなしく帰ってくれなかったら、いずれでんぐり返ってお見苦しい姿をお見せしたんじゃないかと……」

ほほほ……とお瑛は笑いだし、座敷に笑いが渦巻いた。

これで一気に座がほぐれたのである。よそよそしかった二人の間が、急速に親しい感情で満たされた。長のご無沙汰の詫びやら、時候の挨拶が穏やかに続いた。

「さあ、火鉢にお寄りなさいな、お瑛さん、はるばるようこそおいで下さいました」

お峯はこれまで見せたこともない笑顔を見せて言った。

「いえ、すぐ近くの権現さままで用がありましたの。ついでといえば何ですが、そういえば団子坂にお峯さんが住んでおいでだと思って。久しぶりにお会いして、懐かしい方々の消息をお聞きしようと……ちょっと寄ってみたんですよ」

「まあ、それはいい時にお寄り下さって。私、つい先日、お嬢さまにお目にかかったばかりですよ。ええ、とてもお幸せそうでした。この初夏の頃に、お子さまをお生みになったばかりで……」

「えっ、赤ちゃんを？」

「あら、ご存知なかったですか。坊ちゃまですよ。祝言をあげてちょうど一年めのおめでたで、旦那さまはそれは大喜びですわ」

「まあ、そうだったんですか、それはさぞお喜びでございましょうねえ」

お瑛は満面に笑みを浮かべながらも、顔のどこかが強張《こわば》るのを感じた。それほどの朗報を、お春は知らせてくれなかったからだ。

弥之助は、知っているのだろうか。

お春の花のような幸せな笑顔にひき比べ、かれの暗い顔を思い描くと、なおさら手放しで喜べない気がしてくる。

「あたしはちっとも知らなくて……」

お瑛は苦笑し、さりげなく言った。

「お幸せなお春ちゃんに、余計なことはお耳に入れない方がいいんでしょうけど、実は先日、お酉さまで、あの弥之助さんとバッタリ会ったんですよ」

「まあ、弥之さんに？」

お峯は目を細めた。

「何だか暗い感じだったんで、ちょっと気になったんですけど。真面目に働いているんでしょう？」

「ええ、そりゃもう……」

言いかけてお峯は顔を曇らせ、口を噤んだ。

「あの、何か？」

「いえいえ、とても頑張っているとは聞きましたよ。弥之さんだって、今は大事な時期でしょう。お礼奉公を飛ばして、一人立ちしたんですものね、どう身を処したらいいか、誰よりよくお分かりでしょうよ」

「ここで身を持ち崩すほど、馬鹿じゃないってわけですね。ああ、それを聞いて安心しました」

「ただ……」

お峯は吊り上がり気味の目を天井に向けている。言っていいかどうか、迷っている様子だ。

「他ならぬお瑛さんだもの、申し上げても構わないでしょう。いえ、ぜひ聞いて頂きます。でも……どうかここだけの話にして下さいましね」

お峯は以前に比べて、かなり胸襟を開いてくれている。それもこれも、先ほどの馬鹿なお侍のせいと思うと、お瑛は何だかくすぐったい気がした。打ち解けにくい人ほど、心を開くと、底抜けに親しくなるものなのだ。

「あの弥之さんは、今でもお嬢さまのこと、思い切ってはいないみたいですよ。というのも実はねえ、つい五日ほど前に、ここを訪ねてみえたんですよ」

「えっ、弥之さんが、ここへ？」

驚いて、お瑛は一言ずつ、確かめるように言っていた。

「どういうことでしょう、ご用を伺ってもいいですか」

「えええ、聞いて下さい。それがねえ」

お峯は口を濁し、また少し考えてから言った。

「お嬢さまに会わせてほしいと言ってきかないんです」

「本当？」

「ええ、そうなんです、畳に手をついてそう頼むんですよ。でも、会ってどうします、と私が訊きましたらね。会うだけでいいんだと。一度会いたいのだと……」

かれが言うには、自分はお春さんの笑顔を見ることだけを生き甲斐に、この三年間、懸命に精進してきた。いや、この三年だけではない、丹後から出て来てこのかた、何とかやってこれたのも、お春さんの笑顔があればこそだった。

ところが京から戻ってみたら、その人はもういなかった。

自分は住吉屋を出てしまったから、お春さんが里に戻ることがあっても、気軽に会うことも出来ない。京から帰って、一度もお春さんにお目にかかれないのは淋しい限りだ。

むろん自分には、お春さんのことをどうこう恨む気持ちなど、毛頭ない。そんなことより、お互いの新しい門出を祝いたい気持ちで一杯だ。だがそれを伝えたくても、会う機会がなければどうにもならない。このままでは気持ちの整理もつかない。

一目でいいから会って、その顔を見納めしたい。

それさえ叶えられたら自分は思い残すことはない。江戸を離れて丹後に帰り、かの地に住吉屋の暖簾を分けてもらい、店を持ちたいと考えている。

「……と、まあ、こう申すんですよ」

「へえ」

お瑛には思いがけないことばかりだった。

「で、どうお返事なさいまして?」

「そりゃ、お瑛さん、そこまで言われて、むげには断るわけにもいかないじゃありませんか。住吉屋で、あんな酷い仕打ちを受けたんですもの、断ち切ろうったって、未練が残るのは当然ですよね。荒れもせず、円満に住吉屋を出ただけでも、褒めてあげるべきでしょう。そう思いません?」

言われて、お瑛は頷いた。

「そうですよね、そう思います」

するとお峯はここぞとばかり大きく頷き、声をひそめた。

「はっきり申しますとね、住吉屋の旦那さまは、初めから弥之助さんなんか、歯牙にもかけていなかったんですよ。何とか口実を作って京に追いやり、その間に、さっさと意中の相手に嫁入りさせてしまおうと。もっとも、あれだけの大店を仕切っておられる方ですもの、そのくらい朝飯前でしょうが……」

さもありなん、とお瑛は頷いた。

和兵衛のでっぷりした体軀と、何を考えているか分からない少し窪んだ目を思い浮かべると、初めから弥之助を追い払うつもりだったと頷ける。お峯が続けた。

「ただ旦那さまのお気持ちも、分からないでもございません。奥さまに先立たれ、この娘だけは幸せにしたい、と頑張られたのですものね」

「弥之さんは、それを思い知ったでしょうね」

「ですから私、弥之さんに言ってやったんですよ。これは天災だと思って、なまじな未練や恨みはお捨てなさいって。もう住吉屋を出てもやっていける腕がおありなんだから、いじけることなんてないと……」

「ええ、そう思います」

「ね、そうでしょう。これからの世は武士より、腕のある職人の方がはるかにいいと思いません？　あの旦那さまにはそれがお分かりにならなかったんです」

「仰るとおりですね」

お瑛は頷いて、開け放った縁から庭を見た。薄紅色の山茶花が、小春日和の陽を受けている様は、何とも心和む風景である。

4

「ねえ、お峯さん、立ち入ったこと伺うようだけど」

お瑛は山茶花に目を向けたまま問うた。

「嫁ぐ時のお春ちゃんの気持ちはどうだったんでしょう、それがあたしには分からないんです」

その辺りのことが、ずっとお瑛には謎だった。

弥之助ひとすじだった頃は、かれについて、どれだけのろけていたことか。甘い言葉をさんざん聞かされたお瑛である。

何があっても一生添い遂げたいの、一緒になれなかったら駆け落ちするの……。そればかりでなく、弥之助と密会するための口実に、お瑛が使われたことさえあったのだ。

京まで一人旅をするから、旅に着る着物を一式、親に内緒で整えてもらえないか、と頼まれたこともある。

買い物を装って普段着で家を出て、蜻蛉屋で旅装束に着替え、早駕籠に乗ってしまうという計画で、止めさせるのに、ずいぶん手こずったのを覚えている。

兵藤某との縁談を父親から言い渡された時は、確かに気の毒なほど落ち込んだ。お父さまは鬼だ、こらしめるため家出したから二、三日匿ってくれないか、と目を泣き腫らして蜻蛉屋に転がり込んで来たのである。

そんなお春が、いつからか、ぱったり弥之助のことを言わなくなった。何があったか、蜻蛉屋にもお稽古にも、姿を見せなくなったのだ。

しばらくして店に現れた時は、先方からついに結納が届いた、という話をしてくれた。緋縮緬一疋《いっぴき》、白縮緬一疋、帯地二筋、昆布一折……云々。こちらからは結納の使者と荷物持ちに祝儀金、祝酒を贈り、さらに先方には何と何を贈り……。

報告するお春のキラキラした目が印象的だった。お春はこの縁談を喜んでいた。相手の申し分ない結納を、嬉しがっていた。弥之助ではこうはいかないだろう。

その後、音沙汰はなかったが、お瑛は心ばかりのお祝いを持参して、お春に会った。その時のお春は瑞々《みずみず》しく艶《なま》めいて、嫁ぐ直前の日々を楽しんでいるように見えた。祝言をあげた日には、赤飯と鯛の入った見事な折一式が届けられた。お春とはそれきりである。

「本当にお春ちゃんは、無理にお父さまから弥之さんを諦めさせられ、泣く泣くお嫁に行ったんでしょうか？」

お瑛は問うた。

「そりゃ、そうでしょうよ。旦那さまのお考えは絶対ですもの、逆らうことなんてとてもとても……」

「悩んでいるようでした？」

「ええ、一人で悩んでおられることが多くてねえ。もちろん相談も受けましたけど、私はこう申し上げたんですよ。お春さまの思うようになさいませ、でも一度、兵藤さまにも会ってごらんなさいませ、きっといいところが見つかりますから……とねえ」

お峯は思い出すように言った。

「ほら、あのように無邪気で明るいお方でしょう。兵藤さまに会いなさったら、またお気持ちが変わるんじゃないかと……。ええ、実際にそうなりましたよ。とてもご立派なお方なんで、お気持ちがそちらに移ったのは確かでしょう」

なるほど、とお瑛は大いに納得した。

あんなに親しくしていたのに、お春が男児誕生を知らせてくれなかった理由は、それなのだと思い当たる。

今にして思えば、お春が蜻蛉屋に姿を見せなくなったのは、縁談が本決まりになった頃からだった。お春はすでに兵藤某に心を移しており、その心変わりが、弥之助とのいきさつをよく知るお瑛に対しては、どこか後ろめたかったのではないか。

お春はおそらく、浮気っぽい性格に違いない。

それで良かった、とお瑛は思う。

気持ちが弥之助からすんなり兵藤某に移ったことで、幸せを摑んだのだ。背後に心を残さず、父を恨むこともなしに、すんなり新婚生活に入っていけたのだから。

お春の結婚を巡っての謎が、今にして解けたように思った。お峯も、お春のそんな性格を先刻承知なのだろう。

「なるほどねえ、そういうことでしたか」

そこへ、お玉がお茶を運んできた。

お峯がようやく起き上がり、長火鉢に凭《もた》れるように座って、お茶を啜った。

「で、結論として弥之さんには、どうお返事なさったんですか？」

お瑛はお茶を啜って言った。

「ああ、そのことでしたね。私、こう申したんですよ、住吉屋に出入りしていれば、そう焦らずとも、そのうち自然にお嬢さまにお会いする折りもありましょう。その時に、笑って挨拶出来れば、それほど素晴らしいことはないと……」

まわりくどい言い方だが、つまり断ったのだろう。

だがかれが言うには、いつかそんな時が来るだろうが、それまでは長い時間がかかりそうだと。そんなに待つことは自分にはとても出来ないと。

「でもねえ、その意気込みを見てると、不安になるんですよ。焼けぼっくいに火ってこともあるでしょう。つきまとわれでもしたら、責任問題ですものね。実は私、これはきっぱりお断りしようかと考えているんですよ」

「ええ、分かります」

事情が事情なのだから、ほだされつつも迷うお峯の心情が、手に取るようによく分かる。

「ああ、ちょうどいい、お瑛さんのご意見を聞かせて下さい。どうお考えかしら」

訊かれて、お瑛は思わず言った。

「お春ちゃんの気持ちはどうなんですか」

「ええ、実を言うと先日は、その相談のために、お嬢さまを訪ねたんですよ。お嬢さまはどう思いなすったのか、〝分かりました、会ってもいい〟って言ってくれたんですけど……」

「つまり迷っていらっしゃるわけ？」

お峯は苦笑して頷いた。

お春は表情も変えずに、あまりにあっけらかんと承諾したという。これでは会わせることもないのではないかと。

「今はお子さまのことで一杯でしょう。でも、お酉さまの日なら気兼ねなく家を出られるから、その日であれば構わない、と仰るんですよ」

「お春ちゃんて、そんな天然自然なところがいいんでしょうね」

「だからこそ、幸せにおなりになったんです。一応の取り決めはしてきたものの、ここは、そっとしておくべきかとも思ったりしてね。何だかぐずぐずと、決心がつかないんですよ」

当日の計画はこうだという。

商家に生まれたお春は、子どもの頃からお酉さまは欠かさない。今年もすでに一の酉のお詣りをすませ、二の酉の日も、下女を連れて出かける予定だという。

そこで鷲《おおとり》神社に近い茶屋で、一休みしてはどうか。茶屋の中ではしんみりしてしまうから、外の縁台がいい。そこへ偶然、弥之助が通りかかり、あらまあしばらくということになり、立ち話をして別れる……という段取りだった。

お酉さまの日は、他の客でわさわさしていることだし、お供の女中にも怪しまれないで済むだろう。

「でも二の酉といったら、明日じゃありませんか」

「ええ、ですから、迷っておりますの。急といえばあまりに急ですし、お嬢さまがあまりに冷淡ですからねえ……。ああ、もう少ししたら、返事を聞きに来ますわ」

「え……弥之さんが?」

「いいえ、使いの者がね。三吉《さんきち》って弟子をよこすんで、返事を手紙に書いて渡すことになってるんです。でも私、まだ何も書いてないんですよ」

お峯は、火鉢の火をかき起こしながら、巻き紙や硯の載っている文机《ふづくえ》をチラと見た。

「ないことにしようと。そうすれば、手紙はいらないでしょう」

「いいえ、お峯さん、手紙をお書きなさいよ。会わせたらいいじゃないですか」

お瑛は言った。

「ここで断ったら、弥之さんが収まらないでしょう」

「そうでしょうかねえ」

「心変わりした上に、もう自分の顔を見るのも嫌なのかと、逆に恨まれることになりかねません。お春ちゃんは、会いたくないと言ってるわけじゃないんだもの、会わせてご覧なさい」

むしろ会わせて、あっけらかんとした姿を見せることで、弥之さんも納得するんじゃないか、とお瑛は思ったのだ。

「お春ちゃんにはもう終わったことでしょうけど、弥之さんの気持ちは終わっていない。ここらで決着をつけてあげないと可哀相だわ」


四半刻（三十分）後、三吉は、きっちりやってきた。お峯は明日の段取りと刻限を手紙に記して渡した。

駄賃を貰っていそいそ帰る三吉と共に、お瑛は小堀家を辞した。

この小柄な人なつこい少年は、丹後から弥之助を頼って出て来た同郷の者で、弥之助が一人立ちする時、住吉屋が手伝いにつけたという。

「じゃ、いま一緒に住んでるわけなの？」

団子坂をゆっくりと下りながら、お瑛は話しかけた。日はもう傾いていて、大気が冷え始めている。

「うん、そうだよ。そのうちもっと大きい所に移るんだって」

「そう、弥之さんは頑張ってるんだね。でも、夜なんかはどこかに出かけてしまうわけ？」

「いや、親方はあんまり出かけない。住吉屋からどんどん注文がくるんで、忙しいから。夜なべで仕上げることもあるもん」

なるほどそうか、と思った。あれこれ考えたのは、気の回しすぎだったかもしれない。幾らか気が楽になって、お瑛は雑談しながら長い坂を下った。

「あんたも建具師になるのが夢なのね」

「そうだよ、いつか親方みたいになりたい」

弾《はず》むように先を歩いていた三吉は、振り返って得意げに言った。

「おいら、親方に鉋《かんな》を貰ったんだ」

「へえ、鉋を？」

「そう、親方が使ってる古いやつだけど」

「親方が自分で使ってるのを？」

「うん、弥という字が彫られてて、古いけどぴかぴかに手入れしてあるよ。これ使ったら、おいらも親方みたいになれそうな気がする」

お瑛は足を止めた。

「親方はどうして、そんな大事な鉋を、気前よくおまえにくれたの？」

「まだ貰ってないよ。この手紙を届けたら、お駄賃で貰うことになってるんだ」

お瑛の剣幕に驚いたらしい。三吉は怪訝《けげん》な顔をして、丸い目を吊り上げた。

「お駄賃に渡すようなお安いもんじゃないでしょ。それを手放すなんて、親方は何を考えてるの」

鉋は建具師の命、武士にとっての刀のようなもの。それを、安易に弟子にくれてやるとはどういうことなのか。

「そんなこと分かんないよ。古くなったからだろ、何かあった時は、これを売ればいい値になるって……。親方は新しいのを買うんだって」

何かが頭の奥で閃いた。言葉にならない花火のようなもの。かれの胸に燃える炎が、飛び散ったようだ。これは何かありそうな気がする。

かれは明日に向けて、何か胸に企んでいはしないだろうか。

「ねえ、おまえ、正直に言うんだよ。最近、何か親方に変わったことはない？」

「気ぃつかないよ、そんなこと。親方とはあんまり喋んないもん。じゃ、おいらは、ここで……」

これ以上付き合っていられないという顔で、やおら三吉は走りだした。その後を、お瑛はぼんやり見送った。

5

まさか……と思う気持ちもある。あの弥之助が、将来が見えないような馬鹿者とは、とても思えないからだ。あたしの思い過ごしだ。

自問自答しながら家に帰り着いた。

だが帳場に座ると、自分はとんでもない間違いを犯したのではないかという思いが、だんだん強まってくる。上の空で何とか店を閉めたが、食膳に向かっても考え込み、ご飯が喉を通らなくなった。

断ろうというお峯の判断は、賢明だったろう。それを愚かなあたしがお節介にも引っくり返したのだ。

弥之助が大事な鉋を、弟子にくれてやったということは、今日限り鉋を手にしないという決意ではなかろうか。あのぎらぎらと強い光を放つ暗い目つきと考え合わせると、弥之助の胸に燃えさかる狂気が、見えてくるような気がする。

その夜は冷え込んだ。床に入ってからも、お瑛は目が冴えて眠れなかった。

幸せの絶頂にいる女と、どん底にいる自暴自棄の男。この構図から予想されることが、どうして自分には見えなかったのか。

もしかしたら、とお瑛は思う。かれは死ぬ気かもしれない。それも一人ではなく、お春を道連れにして……。

今さらもう事態は止めようもなかった。お峯はすでに、お春にも同じような手紙を届けているはずだった。

ああ、おっかさん、どうしよう。

いつものようにそう心の中で問いかける。すると、〝あんたもお行き〟というお豊の声が耳に聞こえたような気がした。〝行って、すべてを見届けるんだよ〟と。

そうだ、明日はあたしも行って立ち会えばいいのだ。

幸い場所も時間も知っている。お瑛が関わっていることは内緒だったから、偶然を装ってその場に通りかかれば、最悪の事態は防げるだろう。身をもって防がなくてはならない。

翌朝は、身が引き締まるような寒さだった。

お瑛は縁側で、鉛色に垂れ込めた空をしばし仰いだ。裏庭にはもうこの季節、陽が当たらなくなっている。

ひんやりと冷気を湛えた中に、漬物用の大根がずらりと並んで干してある。お初が、お民を手伝わせて大奮闘したものだった。強い寒気が来ればお初が喜ぶだろう、大根が美味しくなると。

この雲行きでは昼頃には時雨《しぐ》れてくると思われた。

刻限は九つ半（午後一時）。知り合いの駕籠屋には、四つ（十一時）に家に来てくれるよう頼んである。

お瑛は赤紫地小紋縞柄の袷《あわせ》の長着に、お揃いの羽織、紫縮緬の御高祖《おこそ》頭巾を被《かぶ》って、予定どおりに家を出た。

だが少し行ったあたりで小雨がぱらつき始めた。外は予想外に寒く、足ごしらえが弱いのに気がついた。そこで引き返してもらい、爪革《つまかわ》つきの雨下駄に履き替え、肩掛けを持って出直したのである。これで少しばかり時間を空費した。

雲行きはさらに悪く、こりゃ雪になるかもしれんな、と駕籠かきが言い合っている。

「駕籠屋さん、急いでね」

「へい、ようがす。雪になるとえらいこってさあ」

エホイ、エホイ……と浅草橋にかかる頃には、すでに霙《みぞれ》混じりになっていた。

だんだん駕籠かきの足が遅くなるのが分かる。

お瑛は不安に駆られた。あたしは何て馬鹿なんだろう。途中で雪になり、もし到着が遅れでもしたら……。血しぶきの上がる光景が目に浮かび、思わず言った。

「駕籠屋さん、急いでちょうだい。割増し払うからね」


お瑛が浅草橋を渡っている頃、弥之助はまだ人の少ないお酉さまに詣でていた。祈願したのは〝大願成就〟。

石段を下る時には、朝から降ったり止んだりの時雨が、いつしか霙混じりになっている。だが緊張しているせいか、たいして寒さを感じなかった。

それよりもこの悪天候で、お春が来れなくなるのが案じられる。この二の酉を逃しては、当分こんな好機はないだろう。今年は三の酉はないのだから。

刻限が近づく頃には、指定された茶屋の周辺をうろついていた。

言うべきことは何度も心の中で復唱した。余計なことは言わなくていい。相手の気持ちを確かめるだけでいいのだ。心変わりしたお春を、決して許さないつもりだった。弥之助は手拭いで頰かむりをし、左手で蛇の目傘をさし、右手を懐に突っ込んでいた。握りしめる匕首の冷たい感触が、かれを引き締め、高揚させた。

茶屋に向かう角を曲がると、縁台が見えた。

いつもは客で賑わっているのだが、この雪では座っている客の姿は見えない。お春は茶屋の中か、まだ来ていないのか。

かれはふと空を見上げ、雨を含んだ重い霙が、軽い雪に変わったのに気がついた。

お春は蛇の目傘をさし、茶屋の横の物陰に立っていた。

紫縮緬の御高祖頭巾をすっぽり被り、白い顔だけを出している。黒襟のかかった地味な黒地小紋の市松柄が、かえって雪の舞う中にすっきりと浮き出て、あでやかだった。

お春は気心の知れた下女を浅草寺前の汁粉屋《しるこ》に置いて、一人で茶屋まで歩いて来たのだった。しばらく茶屋で休んでいたが、刻限の少し前に外に出た。

身の縮む寒気に包まれたが、寒いとも感じない。

弥之助らしい男が近づいてくるのを視界に収め、物陰からスッと姿を現した。

「やっ、お春さん……」

不意を衝《つ》かれて、かれが先に声をあげた。

「お久しゅうお目にかかります」

お春はほんのり頬を赤らめてはっきりと言い、軽く頭を下げる。

その様を……三年半ぶりに見るお春を、弥之助は目を細めるようにして、まじまじと見つめた。

「……綺麗になったな、お嬢さん」

弥之助の顔は青ざめて引きつっており、懐で匕首を握りしめる手がじっとり汗ばんでいた。

「こんな日に呼び出したりしてすまなかった。どうしても一目会いたくてね」

お春は何とも言わず、大きな目で見返してくる。

「いや、一言だけ訊きたくてさ。あんたはこの弥之助が嫌になったのか、お武家さんの嫁になりたかったのか……。心変わりしたならしたと、正直に言ってほしいんだ」

「今さらそんなこと訊いて、どうします」

「冥土の土産よ」

言って匕首を出し、突きかかろうとした。

「お待ち、弥之助」

いきなりお春は、ガラリとお嬢さま口調になり、鋭く言った。

「あたしからも言いたいことがある。おまえは、あんな酷《むご》いことをしておきながら、よくもそんな図々しい口がきけるもんだね」

「えっ？」

機先を制されて、弥之助は匕首を握る手をゆるめた。

「藪から棒に、何を言いなさるんで」

「何をじゃないよ。とぼけるのもいい加減におし。このろくでなしの女蕩《た》らしが！あたしはお酉さまに来たんじゃない、おまえにこれを言うために、ここに来たんだ」

「…………」

弥之助は、啞然としてお春の顔を見ていた。

その黒い大きな瞳は憎しみに燃えたち、ふっくりと盛り上がった美しい唇からは、さらなる罵詈雑言《ばりぞうごん》が飛び出した。

「おまえなんか、帰って来なけりゃよかったんだ。京の島原とやらで、なぜ死ななかったの。あたしは今の旦那さまに救われたんです。おまえなんか、おまえなんか死んでおしまい……」

その目に大粒の涙が盛り上がり、ぽろぽろと溢れ出た。

「ち、ちょっと待って下さいよ」

弥之助は、そこに突っ立っているお春を物陰に導こうとした。

「気安く触らないでよ、汚らわしい！」

「一体、誰のことを……この弥之助が、島原で？　何のことです、弥之助が何をしたと言いなさるんで？」

「おとぼけじゃない。お父さまが、すべてお調べ済みなんだからね」

父親の和兵衛が、京からの良からぬ噂を耳にして、専門の調査機関に頼み、弥之助の素行を調べさせたという。

すると驚愕の事実が続々出てきたというのである。

弥之助は修業どころか、遊廓の花魁《おいらん》に溺れ込み、借金も相当額にのぼって、このままでは帰るに帰れぬ有様だという報告だった。

父親はその報告書をお春に突きつけて、諭《さと》したという。

もう少し骨のある男と思ったが、田舎者が初めて京の雅《みやび》に触れて、舞い上がってしまったようだ。あの男前では、女が放っておかないのだろう。仮にあの者と所帯を持っても、この先また繰り返すに違いない。悪い病いを持っていては、孫の顔を見ることもできまい。

借財はわしが何とか手当しよう。

ここは弥之助を諦めて、約束はなかったことにしてほしい。これは住吉屋の恥だし、おまえの縁談にも障ることだから、誰にも決して口外してはならぬ……と。

真っ青な顔でじっと聞いていた弥之助は、聞き終えると、脱力したように左手の傘を雪の上に取り落とした。

髷に、顔に、雪が降りかかる。

だが振り払おうともしない。かれは突然、あははは……と声をあげて笑いだしたのである。げらげら……と堪《こら》えきれないように笑い続けた。

笑いが止まらぬ弥之助を、お春は狂人を見る目つきで、凍りついたように見つめている。

かれはさらに右手の匕首を、雪の上に放り出した。

「なるほど、そういうことだったのか。場合によっちゃ、これでお嬢さんを刺し、自分も死のうと思って来たんだが、ははは……、大狸のしわざと知っちゃあ、死ぬに死ねなくなった」

「…………」

「お嬢さん、その大狸はたいした狸ですぜ。報告書まででっち上げて、お嬢さんを化かしおおせたんだから。おれは色町どころか、ろくに町にも出なかった」

「それじゃあ話が通りません。手紙もくれなかったのはどうしてなの。あたしの手紙に返事も書かなかったのはなぜ……」

「手紙？　そんなもん一通も届かなかった！」

「えっ」

「それも狸のしわざだろうよ。おれも、文なんか滅多に書く男じゃないしさ。そんな暇さえ惜しんで仕事をしてたんだ。お春さんは分かってくれると思ってた。いや、今さら、信じてくれなくても結構だが、ははは……おれはあの三年間、女断ちまでしてたんだぜ」

穴のあくほど弥之助の顔を見つめていたお春は、それを聞いて頬を歪め、とたんに笑いだした。

蛇の目傘を放り上げ、狸が狸が……と甲高い声でいつまでも笑い続けるので、弥之助が危ぶんだほどである。

もう、何てことかしら……。

湯気をたてて走る駕籠屋ののろさに、お瑛はほとんど泣きそうになっていた。やきもきし、いっそ駕籠を下りて雪の中を走りだしたかった。

ようようお茶屋の前で駕籠を下り、傘をさして雪の中に歩きだして、思いがけない光景を目にしたのである。

降りしきる雪の中、傘もささずに立っている男女の姿だった。二人は泣いているのか、笑い合っているのか。

一体どうなったのだろう、血しぶきは飛ばなかったのか。あたしが取り越し苦労していただけのことだったか。あれこれ想像を巡らしつつ近寄った。

「まあ、どなたかと思ったらお春さんじゃない……」

茶屋に偶然立ち寄ったふりをして、お瑛は言った。

「まあ、お瑛さん！」

お春は振り向き、驚いたように涙を溜めた目を見開いた。その頭巾にも、長い睫毛にも、すっかり雪がかかっている。

「あまりの雪なんで、ちょっと休もうとこちらに回ったんだけど、まあ、お揃いでどうしたの？」

「ええ、あたしも温まりたくてここに来て、ばったり会っちゃったんですよ」

お春は弥之助を顧みて、笑っている。

「いや、お酉さまのお引き合わせでして……」

会釈して照れる弥之助を見て、お瑛は内心つくづく胸を撫で下ろした。とんだ思い違いだった、と。

死ぬほど気を回したりして、馬鹿みちゃった。

駕籠屋にだって、あんなに心づけを弾むんじゃなかったわ。無理心中だの、殺しだのとあたしは、歌舞伎の見すぎかもしれない。

でも、会わせて良かった。二人はご存知ないけど、引き合わせたのはこのお瑛のお手柄。少しは感謝してくれてもいいんじゃない。

「まあ、詳しいことは訊きませんけど、会えてよかったわね」

お瑛は微笑んで言った。

「お詣りはすませた？」

「いえ……」

初めて気がついたようにお春は神社の方に目を向けた。

「まだだったら、積もる前に一緒にお詣りしちゃいましょうか。お二人にはお邪魔かもしれないけど……」

そこには白い山茶花が、雪に埋もれてさらに白く咲いていた。

参道も、出店を彩る熊手も、何もかもが雪にまみれていた。

今年の二の酉は雪でひどかった……とお瑛は店に帰ってから皆に言いつつ、あのお酉さまを一生忘れることはないだろうと秘かに思う。

一つ傘に寄り添って参道を歩く弥之助とお春の姿は、そのまま氷漬けにしておきたいほど、美しかったのである。

年が明けて届いた弥之助の書状にも、同じような感想が記されていた。

あの雪の日の光景を、自分は氷漬けにして胸にしまっておくつもりです。氷を溶かしさえしなければ、いつでも、会いたい人に会えるのだから。それを江戸の土産にして自分は丹後に帰り、一から出直したいと思う……と。

すべてを仕組んでくれたお瑛さんには、心から感謝します……、という最後の一文を、お瑛はいつまでも見つめていた。

時代小説
二見時代小説文庫

まどい花《ばな》 日本橋物語《にほんばしものがたり》3

著者 森《もり》 真《ま》沙《さ》子《こ》

発行所 株式会社 二見書房
〒一〇一-八四〇五
東京都千代田区神田三崎町二-一八-一一
電話 〇三-三五一五-二三一一［営業］
〇三-三五一五-二三一三［編集］
振替 〇〇一七〇-四-二六三九

印刷 株式会社 堀内印刷所
製本 株式会社 村上製本所

 ISBN978-4-576-08020-8
https://www.futami.co.jp/

森 真沙子

日本橋物語

シリーズ

完結

① 日本橋物語 蜻蛉屋お瑛
② 迷い蛍
③ まどい花
④ 秘め事
⑤ 旅立ちの鐘
⑥ 子別れ
⑦ やらずの雨
⑧ お日柄もよく
⑨ 桜《はな》追い人
⑩ 冬螢

土一升金一升の日本橋で染色工芸の店を営む美人女将お瑛《えい》。海鼠《なまこ》壁にべんがら格子の飾り窓、洒落た作りの蜻蛉《かげろう》屋は、普通の呉服屋にはない草木染の古代色の染織物や骨董、美しい暖簾や端布も扱い、若い娘にも人気の店である。そんな店を切り盛りするお瑛が遭遇する謎と事件とは…。美しい江戸の四季を背景に、人の情と絆を細やかな筆致で描く傑作時代推理シリーズ！

森 真沙子

柳橋ものがたり

シリーズ

以下続刊

① 船宿『篠屋《しのや》』の綾《あや》
② ちぎれ雲
③ 渡りきれぬ橋
④ 送り舟
⑤ 影燈籠《かげどうろう》
⑥ しぐれ迷い橋
⑦ 春告げ鳥
⑧ 夜明けの舟唄

訳あって武家の娘・綾《あや》は、江戸一番の花街の船宿『篠屋《しのや》』の住み込み女中に。ある日、『篠屋』の勝手口から端正な侍が追われて飛び込んで来る。予約客の寺侍・梶原だ。女将のお簾は梶原を二階に急がせ、まだ目見え（試用）の綾に同衾を装う芝居をさせて梶原を助ける。その後、綾は床で丸くなって考えていた。この船宿は断ろうと。だが……。